Cita con mi vecino

Karen Booth

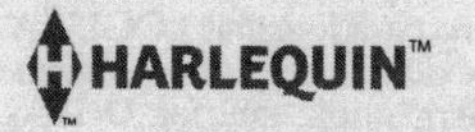

Editado por Harlequin Ibérica.
Una división de HarperCollins Ibérica, S.A.
Núñez de Balboa, 56
28001 Madrid

Cita con mi vecino, n.º 2110 - 1.3.18
Título original: The CEO Daddy Next Door
Publicada originalmente por Harlequin Enterprises, Ltd.

I.S.B.N.: 978-84-9170-711-0
Depósito legal: M-688-2018
Impresión en CPI (Barcelona)
Fecha impresion para Argentina: 28.8.18
Distribuidor exclusivo para España: LOGISTA
Distribuidor para México: Distibuidora Intermex, S.A. de C.V.
Distribuidores para Argentina: Interior, DGP, S.A. Alvarado 2118.
Cap. Fed./Buenos Aires y Gran Buenos Aires, VACCARO HNOS.

Capítulo Uno

Ashley George soltó un suspiro exasperado cuando, al cerrar la puerta de su casa, vio que Marcus Chambers estaba entrando en el ascensor.

–Supongo que quieres subir. ¿Te sujeto la puerta?

Ashley se sintió todavía más molesta ante el perfecto acento de Marcus y su actitud de superioridad. Él sabía que sí quería subir. A menos que fuera a bajar por la escalera los once pisos de su edificio en Manhattan en cinco minutos con una falda apretada y tacones altos, necesitaba el ascensor.

Sin responder, ella tomó aliento y entró sin mirarlo.

–¿A la primera planta?

Ashley apretó los puños. Solo habían compartido el mismo espacio durante dos segundos y ya estaba al límite de sus nervios.

–Los dos sabemos que vamos a la misma reunión. No hace falta que hagas preguntas innecesarias.

Él se cruzó de brazos y fijó la vista en la puerta.

–Ser un caballero nunca está de más.

La caballerosidad era, sin duda, el escudo tras el que se escondía Marcus Chambers. Era increíblemente guapo, sí. Pero daba lo mismo, porque también era un engreído. Parecía tenerlo todo, dinero, un piso magnífico en la parte más lujosa de la ciudad y una preciosa niña, Lila.

–No estaría en este ascensor si no fuera por tus quejas a la comunidad de propietarios –replicó ella.

Marcus se aclaró la garganta.

–Y yo no tendría que quejarme si buscaras un contratista competente para terminar tu reforma –señaló él, lanzándole una fría mirada con sus enormes ojos verdes–. Parece que el caos te sigue allá donde vas.

Ashley apretó los labios. Marcus no se equivocaba del todo. Entendía que, bajo su punto de vista, su vida le pareciera un tornado. Siempre iba corriendo a todas partes, con el teléfono en la mano, tratando de poner orden en las millones de cosas que tenía en la cabeza. Claro que había tenido problemas con la reforma de su casa. A veces, las cosas no salían como la gente quería. Ella hacía todo lo que podía. Y él no se había mostrado, en absoluto, comprensivo.

Con un suspiro, Ashey se apoyó en la pared del ascensor, echándole otro vistazo. Si pudieran hacerle un trasplante de personalidad, sería perfecto. Tenía una fuerte mandíbula con barbilla cuadrada, pelo castaño brillante, un pecho ancho y musculoso, igual que los abdominales que sabía que escondía bajo la camisa. No le había visto el torso al desnudo en vivo, pero había contemplado fotos suyas en internet. Era uno de los solteros más codiciados del Reino Unido, como rezaba en un calendario para fines benéficos adornado con fotos de los hombres más atractivos. Un soltero que criaba a un bebé tras un sonado divorcio.

En alguna parte del mundo, debía de haber una mujer adecuada para ese tipo, tan maravilloso en el exterior y tan insoportable por dentro. Sería un protagonista ideal para su programa de televisión, *Tu media naranja,* se dijo ella. El amor verdadero existía, igual que las almas gemelas… igual que las cosas que más temía la gente, corazones rotos, enfermedades y obligaciones de vida o muerte.

Ashley todavía creía que encontraría a su pareja perfecta algún día. Pero, después de haber sido abandonada el día antes de Navidad por quien había creído su hombre ideal, había decidido tomarse un año de descanso sin salir con nadie. Había necesitado centrarse en sí misma. Sin embargo, no había cumplido sus planes. Marcus se había mudado a su edificio a principios de enero y la había invitado a salir una semana después de que se hubieran conocido. Como una tonta, ella había aceptado. Esa noche, hacía tres meses, no había hecho más que probar su hipótesis. No era momento para salir con nadie. Ella no confiaba en sus instintos en lo que a hombres respectaba. No, después de su ruptura con James. De hecho, su vida estaba sumida en el caos.

Marcus movió la cabeza a los lados, como si estuviera tratando de estirar el cuello. El aroma de su loción para después del afeitado la envolvió. Maldición. Olía bien, masculino y cálido, como el mejor bourbon. Curioso, cuando Marcus era el director de las destilerías de ginebra de la familia Chambers.

El ascensor llegó a su destino.

–Después de ti –dijo él con acento aterciopelado.

Ashley salió. La falda le quedaba demasiado apretada como para dar pasos largos, algo que le hubiera gustado hacer para demostrar determinación. Reuniendo todas sus agallas, entró en la sala de reuniones. Los cinco miembros de la junta de la comunidad de vecinos estaban sentados a la mesa. La presidenta, Tabitha Townsend, la miró como si fuera una mancha de vino tinto en una moqueta blanca. No iba a ser fácil ganársela, pensó ella.

–Hola a todos –saludó Ashley, tratando de exhibir su mejor sonrisa, a pesar de que había tenido un día agotador con los preparativos de la nueva temporada de *Tu media naranja.* Le estrechó la mano a su única aliada, la señora White, una veterana residente en el edificio y adicta al que ella dirigía.

–¿Puedes decirlo para mí? Solo una vez, por favor –rogó la señora White ilusionada.

Ashley no tuvo elección. Tenía que hacer feliz, al menos, a una de los presentes.

–Soy Ashley George y encuentro el amor verdadero en la ciudad que nunca duerme.

La señora White aplaudió emocionada.

–Me encanta cada vez que abres así el programa. Le cuento a todos mis amigos que te conozco.

–Es un honor para mí también –repuso Ashley.

Pero la señora White dejó de sonreír. En un instante, cambió de expresión.

–Ojalá la reunión de hoy tuviera lugar en mejores circunstancias. Me gustaría que pudiéramos hablar de la nueva temporada del programa, no de disputas vecinales.

–Te aseguro que son más que disputas –intervino Marcus con la calidez de un iceberg.

La señora White meneó la cabeza, posando los ojos en el uno y en la otra.

–Es una pena. Haríais buena pareja. ¿Lo habéis pensado alguna vez? ¿Por qué no salís a cenar para arreglar vuestras diferencias?

Marcus hizo una mueca. Solo habían salido a cenar una vez y había salido fatal. Nerviosa hasta límites insoportables, Ashley había bebido demasiado vino antes de que hubieran llegado los entrantes. Al parecer, no había digerido del todo su ruptura con James, porque no había dejado de hablar de él y de cómo la había dejado porque ella no había estado preparada para comprometerse, porque no había querido tener hijos, porque había estado muy volcada en su trabajo. La lista de razones había sido interminable.

A Marcus le había sentado tan mal que la velada había terminado con un apretón de manos. Había sido muy decepcionante. Ashley no había sido tan tonta como para haber esperado que ambos se hubieran enamorado en la primera cita. Pero Marcus era un bombón y había estado deseando que le hubiera dado un beso.

La reforma de su casa había comenzado al día siguiente. Y la batalla entre George y Chambers, en vez de suavizarse, se había encarnizado.

–Ten cuidado, o la gente empezará a pensar que eres una celestina –bromeó Ashley sin soltarle la mano a la señora White. No quería separarse de la única persona de la habitación que estaba de su lado.

Al fin, dirigió su atención a Tabitha, que no le tendió la mano, sino solo una mirada matadora, pero fugaz, porque enseguida clavó la vista en Marcus.

–Señor Chambers, me alegro de verlo –saludó Tabitha, pasándose las uñas pintadas por el escote de la blusa.

Por desgracia, a pesar de que ella parecía interesada, Tabitha no era la pareja perfecta de Marcus. Cualquiera podía darse cuenta. Él encajaba solo con una mujer esculpida en mármol.

–Siéntese, señorita George –indicó Tabitha, cortante.

Ashley obedeció, tomando una de las dos sillas que había ante los miembros de la junta. Más que una reunión amistosa, parecía una formación de fusilamiento. Marcus tomó asiento a su lado.

–Señorita George. Está claro que la reforma de su piso está fuera de control –señaló Tabitha.

Buen comienzo, pensó Ashley, retorciéndose incómoda en su silla.

Tabitha abrió una gruesa carpeta repleta de papeles.

–Los obreros y, en concreto, el encargado, muestran poco respeto por el otro ocupante de su planta, el señor Chambers. Han estado usando la radial a las siete de la mañana…

–Yo estaba fuera de la ciudad –interrumpió Ashley–. Siento que eso sucediera.

–Señorita, George, por favor, levante la mano antes de hablar –la reprendió Tabitha, y pasó a la siguiente página que tenía delante–. Ha habido una especie de música a todo volumen…

Ahsley levantó la mano de inmediato.

–Es solo música pop y a los carpinteros les encanta. Si me deja que lo explique…

–No he terminado, señorita George. Guarde silencio, por favor.

–Lo siento –se disculpó ella, encogiéndose.

Tabitha se aclaró la garganta.

–Como estaba diciendo, los obreros crean mucho desorden en el pasillo que usted comparte con el señor Chambers y lo llenan todo de polvo. No limpian después de pasar y lo peor de todo es que se les ha visto fumar en el edificio, lo cual está terminantemente prohibido y puede provocar incendios.

A Ashley se lo puso el estómago en un puño. El suceso más trágico de su vida había sido un incendio.

–Ellos saben que no deben hacerlo. Yo se lo he dicho. Se lo repetiré.

–Francamente, creo que debería detener su reforma o contratar a otro contratista distinto.

Ashley empezaba a marearse. Se había pasado un año en la lista de ese contratista. El tiempo de espera para haber podido hacer la reforma con otro mejor que él había sido de dieciocho meses, y eso usando sus contactos en el mundo de los famosos. El que había contratado hacía un buen trabajo a un precio asequible, algo que ella no podía dejar de tener en cuenta, dadas sus obligaciones con su familia en California del Sur.

No podía detener la reforma. Perdería todo lo que ya le había pagado al contratista por adelantado. Tardaría meses en recuperarse económicamente y tendría que soportar vivir en un una casa a medio terminar cuando su único objetivo era hacer de su vida un lugar más estable. Con su horario de trabajo y la salud de su padre cada vez peor, su ilusión por tener el piso de sus sueños era lo único que la motivaba. Había empezado de cero y había trabajado mucho para poder costearse esa casa. No iba a dejar que su sueño se le escapara entre los dedos.

–Lo siento mucho si esto ha molestado al señor Chambers. Hablaré con el contratista para que entienda lo serio que es el problema. Y no volverá a ocurrir.

Tabitha meneó la cabeza.

–Después de haber revisado estos papeles, la junta ha decidido que no se le darán más oportunidades, señorita George. Si no puede terminar la reforma sin molestar al señor Chambers, cortaremos por lo sano. Una queja más por parte de su vecino y será el final.

Ashley clavó los ojos en Marcus, que parecía a punto de sonreír.

–¿Una queja más? Debes de estar bromeando –protestó ella, señalándolo con la mano–. No hay manera de complacerlo. Seguro que hasta tiene quejas acerca de la manera en que me siento en la silla. Es injusto.

Era muy injusto, de hecho, que la señorita George se mostrara dispuesta a ignorar las molestias que sus obras estaban causando, pensó Marcus. Él solo estaba tratando de forjarse una nueva vida en Nueva York con su hija de once meses, Lila. Era justo que defendiera su tranquilidad y no permitiera más abusos.

–Señor Chambers –dijo la señora White desde el otro lado de la mesa–. Por favor, entienda la seriedad de esta situación. No queremos vernos forzados a cortar el proyecto de reforma de la señorita George por una falta leve.

–Gracias –dijo Ashley sin poder ocultar su desesperación–. No podemos dejar que él tome el mando de la situación. Si lo hacen, mi proyecto se irá a pique antes de que salgamos de esta sala.

Marcus echó la cabeza hacia atrás. ¿Por qué se comportaba ella como si el que actuaba de forma irrazonable fuera él? Aquel desastre había sido culpa solo de Ashley, aunque no quisiera reconocerlo.

–Hablas como si estuviera exagerando.

–He dicho que siento las molestias que te haya podido causar.

Tabitha se frotó al frente.

–La junta no cambiará de decisión. Una queja más del señor Chambers y la señorita George tendrá que buscar otro contratista.

–Pero…

–Ni una palabra más, señorita George –dijo Tabitha con severidad.

Un incómodo silencio se apoderó de los presentes. Ashley se removió incómoda en su asiento. Marcus posó los ojos en su pierna. Más específicamente, en la delicada curva de su pantorrilla y su fino tobillo, ensalzado por unos zapatos de diseño con tacón de aguja. Él no tenía demasiadas debilidades, pero las mujeres con tacones sexys eran una de ellas. El que Ashley llevara ese calzado… Eso sí que no era justo, se dijo, forzándose a apartar la mirada. La belleza de Ashley, su atractivo, la convertían en una mujer peligrosa. Para no perder la cabeza, debía mantenerse alejado, se recordó.

La señora White se aclaró la garganta.

–Me gustaría añadir una condición. Si el señor Chambers tiene alguna queja, deberá hablar con la señorita George primero. Por favor, tratad de arreglarlo entre vosotros.

Marcus parpadeó sorprendido. ¿Hablar directamente con la señorita George? Oh, no. Eso no podía funcionar.

–No puede hablar en serio. La señorita George nos ha dejado claro que discutirá cualquier queja que yo tenga. ¿Cómo voy a llegar a ningún acuerdo con ella?

–Puedo ser razonable.

–¿Lo has sido alguna vez? –replicó él con el pulso acelerado en las venas.

Tabitha hizo un gesto con las manos para cortar ese debate.

–La señora White tiene razón. Deben hablarlo primero entre ustedes.

Marcus y Ashley salieron de la sala como si fueran dos niños que hubieran sido enviados a la cama sin cenar. Ninguno de los dos podía sentirse victorioso pero, al menos, Marcus tenía ventaja. Eso era una suerte, se dijo. Cuando se abrieron las puertas del ascensor, hizo un gesto para que ella pasara primero.

–Tengo que asegurarme de tener todos tus números de teléfono –indicó él con tono seco–. El de tu despacho, el de tu casa, tu móvil. Por si hay algún problema.

Marcus se sacó el móvil del bolsillo. No estaba nada contento con la situación. Después de su primera cita, se había prometido que se mantendría todo lo alejado que pudiera de ella. Ashley representaba sus impulsos más egoístas, la parte de sí mismo que ansiaba estar con una mujer salvaje y llena de vida, hermosa y sexy y un poco loca. Su prioridad era encontrar una madre para Lila, una mujer calmada y prudente, que actuara de forma predecible. Debía aprender a amar a alguien así por su hija.

Ashley apoyó su enorme bolso sobre la rodilla, se inclinó hacia delante, buscando en su interior. Aunque Marcus intentó apartar la vista, no pudo. Sus ojos saltaron al escote de ella igual que un hombre perdido en el desierto se lanzaría al agua fresca. Se quedó sin respiración. Su piel era una delicada mezcla de color melocotón y rosa, llena de curvas tentadoras y cremosas. Uno de sus rizos dorados se le deslizó por los hombros, cayéndole encima del escote. Él cerró los ojos. No podía soportarlo. Ashley era un peligro, una rosa llena de espinas.

El ascensor llegó a su destino, las puertas se abrieron. Allí los recibió la única persona que siempre ponía a Marcus de buen humor: Lila.

La niñera, Catherine, la llevaba en el carrito.

–Señor Chambers. Estaba a punto de sacar a Lila a dar un paseo antes de acostarla –indicó Catherine, y posó los ojos en Ashley con entusiasmo–. Señorita George, me encantó el episodio de *Tu media naranja* de anoche.

–Por favor, llámame Ashley. Pero el de anoche era una repetición, ¿no? –repuso ella, saliendo del ascensor.

Catherine parecía a punto de estallar de emoción. Era una fan incondicional de Ashley y su programa. No dejaba de hablar de eso con su ama de llaves, Martha. Y a Marcus le volvía loco escucharlas. Podía entender por qué la gente se quedaba embelesada con Ashley, pero el programa en sí era una estupidez. Amor verdadero, almas gemelas… pura ficción.

–Es que me encanta ese episodio –respondió Catherine–. Es el del médico y la mujer de la panadería. Solo usted podría unir a esas dos personas. Se enamoraron por completo.

Ashley sonrió.

–Eres muy amable. Gracias.

Marcus sujetó las puertas del ascensor mientras Catherine entraba con el carrito. Le dio un beso a su hija en la frente, inhalando el dulce aroma de su pelito rubio. La acarició la mejilla sonrosada. La sonrisa que la pequeña le dedicó fue un bálsamo para su alma. Era el tesoro más precioso que tenía y se merecía mucho más de lo que él podía darle. Precisamente, esa era la razón por la que debía evitar a Ashley y buscarle una mamá a Lila.

–Que lo pases bien, cariño. Papá te leerá un cuento en la cama cuando vuelvas.

Catherine dijo adiós con la mano y las puertas del ascensor se cerraron.

–Tienes una hija adorable. Y muy dulce. Aunque es solo la segunda vez que la veo. Ni siquiera la vi la noche en que… –comenzó a decir Ashley, y levantó la vista al techo con gesto de disgusto–. Ya sabes, la noche en que salimos. Te has tenido que esforzar mucho en mantenerla alejada de mí.

Marcus mantenía a Lila alejada de todo el mundo. Protegerla era su máxima responsabilidad, su instinto natural. La niña había nacido con una carencia importante, y él se sentía culpable. Había elegido a la mujer equivocada como esposa y, cuando las cosas habían empezado a torcerse, la había convencido de que tener un hijo salvaría su matrimonio. Él era el causante de que Lila tuviera que criarse sin madre.

–Creo que ibas a darme tus números de teléfono –le recordó él, cambiando de tema.

–Te enviaré un mensaje ahora mismo –repuso ella, pulsando el teclado–. Para que tengas toda mi información de contacto.

El teléfono de Marcus se iluminó al recibir el mensaje. Contenía varios números. Y un texto.

No soy mala. Para que lo sepas.

–Yo nunca he dicho que fuera mala, señorita George.

–Por favor, no me llames señorita George. Hemos salido a cenar juntos en una ocasión. Creo que facilitaría las cosas que prescindiéramos de los formalismos.

–La vida no es fácil, pero si eso te complace, te llamaré Ashley.

Ashley afiló la mirada. Durante un momento, Marcus se sintió como si ella pudiera leer en su interior y la sensación no le gustó en absoluto.

–Eres un aguafiestas de campeonato, Marcus Chambers. Y no lo entiendo, porque no eras así la primera vez que nos vimos. ¿Qué te ha convertido en un cascarrabias tan insoportable?

–Agradezco tus cumplidos. Pero no creo que sea un tema apropiado de conversación.

Cuando Marcus se volvió para entrar en su piso, ella lo detuvo posando la mano en su brazo. La calidez de su contacto lo invadió al momento, atravesando el tejido de su chaqueta. Él bajó la vista hacia aquellos esbeltos dedos que lo sujetaban.

–No puedes esconderte de las cosas. No puedes esconderte de mí. Soy una persona muy perceptiva, por eso soy buena en mi trabajo. Veo cosas en las personas que a ellos mismos les cuesta ver.

Marcus la observó, esforzándose por bloquear las

emociones que incendiaban su cuerpo. Calidez. Atracción. El desesperado deseo de entrelazar los dedos en su pelo, sujetarla de la nuca y darle el beso que había contenido la noche en que habían salido juntos. La mirada de sus ojos marrones era una de las más sinceras que había visto. Sería fácil rendirse a lo que sentía y dejarse llevar, se dijo. Pero debía pensar en el bien de Lila.

–Buenas noches, señorita George.

Ella meneó la cabeza y le dio una palmadita en el hombro.

–Me llamo Ashley. Antes o después, te lo aprenderás.

Capítulo Dos

Ashley le había puesto a Marcus una retahíla de apodos secretos: Torre de Londres, por su estatura; Guapo de Guapos, por razones obvias, y Británico Picajoso, sobrenombre que reservaba para momentos como la tarde anterior. A ella se le daba bastante bien leer en el interior de las personas. Pero Marcus era un caso aparte. ¿Por qué la trataba con tanto desprecio?

Después de la reunión con la comunidad de propietarios, Ashley se había pasado casi toda la noche dándole vueltas. También se había pasado casi todo el camino hasta la oficina esa mañana pensándolo. Era un hombre que lo tenía todo en la vida. Entonces, ¿por qué estaba tan amargado? ¿Por qué se cerraba tanto al exterior?

Alguien llamó a la puerta de su despacho. Grace, del Departamento de Publicidad, asomó la cabeza. Era una mujer de unos cuarenta años, con el pelo rojizo recogido en un destartalado moño que solo alguien con tanta seguridad en sí misma como ella podía llevar con dignidad.

–¿Estás preparada? –preguntó Grace y, sin esperar respuesta, entró en el despacho de Ashley.

Ashley asintió, tratando de dejar de lado sus confusos pensamientos sobre Marcus.

–Sí, claro.

Era hora de ponerse a trabajar. Ashley agarró su libreta y un bolígrafo. Tenían que discutir algunos detalles sobre la fiesta de inauguración de la nueva temporada de *Tu media naranja.*

–¿Y bien? ¿Puedo preguntarte qué pasó con la reunión que tuviste anoche con la junta de la comunidad? –preguntó Grace mientras se sentaba en una silla delante de la mesa de su jefa con el portátil sobre las rodillas.

Grace era excelente en su trabajo y, en los tres años que llevaban juntas en el programa, se habían hecho buenas amigas.

–Decidieron que, si Torre de Londres vuelve a quejarse una sola vez más, tendré que buscar a un nuevo contratista.

Grace hizo una mueca.

–Vaya golpe bajo.

–Eso pienso yo –repuso ella sintiendo que el estómago se le encogía. Marcus tenía demasiado control sobre la única cosa en su vida que era estrictamente suya–. Yo creo que me odia. Y tengo la sensación de que es por algo más, aparte de las molestias que le causa la obra.

–No puedo imaginar por qué nadie iba a odiarte, Ash. A mí me parece que es un estirado. Te estrechó la mano después de vuestra cita. ¿Quién hace eso?

–No me lo recuerdes –dijo Ashley. Aquel detalle no hacía más que confirmar sus sospechas de que Marcus la tenía manía–. Vamos a ponernos a trabajar. Tengo que hacer un montón de cosas antes de la fiesta del jueves. Peter Richie me va a estrangular si no me paso por allí para la prueba final del vestido esta tarde.

Grace meneó la cabeza.

–Ash, Peter Richie es uno de los mejores diseñadores del planeta. Te va a regalar un vestido para tu fiesta, ¿y todavía no te has presentado para probártelo? Solo quedan dos días.

–Lo sé. Soy un desastre –admitió ella. Aunque lo cierto era que lo había estado evitando. Peter había sido muy generoso con ella al ofrecerse a hacerle un vestido de alta costura a medida. Pero ella no se sentía cómoda con tanto lujo. La verdadera Ashley George había crecido llevando la humilde ropa que su madre le había cosido.

Grace abrió su portátil.

–Si no te has ocupado de lo del vestido, ni siquiera voy a preguntarte qué tal llevas lo de encontrar pareja.

Ashley apretó los labios. Había esperado que la cadena de televisión hubiera olvidado su exigencia de que la protagonista de la fiesta de inauguración de la nueva temporada de *Tu media naranja* acudiera acompañada.

–¿Siguen insistiendo en eso?

–Sí. La productora hace esa fiesta para publicitar tu programa. Y no olvides que todavía no te han dado su aprobación para las nuevas propuestas que les has presentado. No querrás decepcionarles en nada.

–Todo es culpa de las estúpidas fotos que publicó esa revista de cotilleos en internet.

–Te pillaron comprando un helado y una chocolatina un sábado por la noche. Eso no da una imagen demasiado buena de ti. Y afecta a las cifras de audiencia.

–Eso fue hace tres semanas. Tenía el síndrome premenstrual y necesitaba dulce. No tiene nada que ver con que no salga con nadie –se defendió ella. Aunque, si hubiera tenido novio, era cierto que lo hubiera enviado a él a por el helado–. Odio que la gente se meta en mi vida.

Grace empezó a hacer tamborilear los dedos sobre el portátil.

–La bola de nieve no deja de crecer. Sabes que no se habla de otra cosa en la página de Facebook de *Tu media naranja.* Tus fans quieren verte feliz. Quieren asegurarse de que la mujer que encuentra el amor verdadero para todo el mundo puede encontrarlo para sí también. Y que yo sepa, Ash, tú le debes todo a tus fans.

Eso era cierto, pensó Ashley. Hacía dinero gracias a ellos y a su habilidad para hacer de celestina. Después de haber visto a sus padres dejarse la piel durante años, trabajar sin descanso y sin lograr nunca llegar a fin de mes, era agradable haber roto con esa maldición familiar.

–Vas a tener que buscarme a alguien o llamar a un servicio de escoltas masculinos –comentó Ashley con un suspiro–. Yo no tengo ningún candidato.

–Nada de eso. Si yo te intento arreglar una cita, antes o después, la gente lo sabrá. Puedo verlo en los titulares de las revistas del corazón. «La presentadora de *Su media naranja* no es capaz de encontrar su propia media naranja» –dijo Grace con voz melodramática.

–Eh. No estás siendo justa. Sabes que me había propuesto tomarme unas vacaciones de los hombres.

–Pues mi abuela diría que, cuando te caes del caballo, debes volverte a subir de inmediato.

–Sí, bueno, mi silla de montar está caducada. No he tenido una cita desde que James me dejó.

Grace esbozó un gesto de incredulidad.

–Eso no es verdad. Saliste con la Torre de Londres, ¿recuerdas?

–No. Eso no fue una cita. Fue un desastre.

–Te pidió salir. Fue una cita –repuso Grace, y se inclinó hacia delante en el asiento con los ojos brillantes–. Piénsalo bien. Si consigues que vaya a la fiesta contigo, le resultará mucho más difícil quejarse por lo de la obra.

–¿Y qué me dices de cuando la confianza da asco?

–No inventes excusas. Dime su nombre otra vez. Marcus… –dijo Grace, bajó la vista y empezó a teclear en el portátil.

–Chambers –rezongó Ashley. Era imposible que ese plan funcionara. Marcus diría que no y eso haría que cada vez que se lo encontrara en el pasillo, ella se muriera de vergüenza.

–Aquí está –dijo Grace, y asintió, observando la pantalla del ordenador–. Chambers… famosa familia británica dedicada a producir ginebra… A ver, a ver. Marcus Chambers… Divorcio –leyó, y levantó la vista–. ¿Está divorciado?

–Sí, ya te lo dije. ¿No te acuerdas? Tiene una niña. Lila. No sé mucho de su mujer, solo que provenía de una familia rica también, y que por alguna razón lo dejó plantado seis semanas después de que naciera el bebé –explicó Ashley, frotándose la sien–. Está todo en internet, si quieres leerlo.

–Apuesto a tú lo has investigado a fondo.

–La verdad es que sí. ¿Qué puedo decir? Tenía curiosidad. Un tipo increíblemente guapo se muda enfrente de mi casa… ¿no es normal que busque información sobre él?

–¿Su mujer los dejó a la niña y a él seis semanas después de haber dado a luz? Debió de tener una razón poderosa.

–Quizá se llevaban mal desde hacía tiempo –señaló Ashley–. La prensa dijo que el divorcio había sido una ruptura irreconciliable.

–¿Pero no te parece raro que una madre abandone a su bebé?

–Sí. Es horrible.

Grace volvió la atención a la pantalla.

–Mercados financieros… Universidad de Cambridge…

–¿Quieres dejarlo ya? No va a aceptar acompañarme a la fiesta, así que no tiene sentido que sigas.

–Calla, estoy leyendo. Equipo de remo… bla, bla, bla… Oh. Cielos –dijo Grace, y se llevó la mano a la boca. Miró a su amiga con los ojos como platos.

Lo había encontrado, adivinó Ashley.

–Está en un calendario. Los solteros más codiciados de Inglaterra.

–Ah, ya, eso. Curioso, ¿verdad? Es el señor Noviembre. Le gastaría bromas con eso para hacerle pasarlo mal si no fuera porque me conviene que no se ponga más furioso conmigo.

–¿Has visto las fotos?

–No he comprado uno de sus calendarios, si te refieres a eso –contestó Ashley, y se encogió de hombros, fingiendo estar ocupada dándole vueltas al lápiz en la mano. Había intentado comprarse uno, eso sí, pero estaban agotados.

–No puedo creer que no me lo contaras. Esto es perfecto. Invita a este guapo productor de ginebra y te haré a cambio la mejor nota de prensa que hayas leído. Puede que acabe siendo el mayor hito de mi carrera de comunicación.

–Oh, por favor. Es un calendario para recaudar dinero para un hospital infantil. Lo hacen todos los años. No es gran cosa.

–¿Y qué me dices de su foto sin camiseta? Te garantizo que eso sí es gran cosa. Y mucha gente estará de acuerdo.

Grace se levantó de la silla, dejó el portátil en la mesa de Ashley y le mostró la pantalla, invadida por el soltero más guapo que había visto jamás.

–Me dijiste que era atractivo, pero te quedaste corta. Mira qué abdominales. Y esos hombros.

Ashley meneó la cabeza, deseando poder sacarse la imagen del increíble torso de Marcus.

–Estás sacando las cosas de quicio. Esa foto debe de estar retocada, sin duda –señaló ella, tratando de apartar los ojos de la imagen sonriente de su vecino, sudoroso y desnudo de cintura para arriba después de una carrera de embarcaciones a remo en el río Támesis–. Puede que sea atractivo, pero eso no importa. Es realmente insoportable.

–Yo podría soportar bastantes cosas de un hombre con esos abdominales –comentó Grace, llevándose el portátil con ella–. Los productores van a estar como locos cuando les diga que vas a ir a la fiesta con uno de los más codiciados solteros británicos.

–Espera un momento. No se lo he pedido todavía. ¿No te has enterado? Me odia.

Grace ignoró sus palabras y siguió mirando la pantalla.

–Dice que está a cargo del lanzamiento para Estados Unidos de una nueva marca de ginebra de su destilería familiar. Es un gran reto. Podemos ayudarle con eso. A todos los empresarios les gusta la publicidad gratis.

¿A qué precio? Ashley tendría que renunciar a su orgullo, para empezar. Ella no quería salir con nadie. Después de que James la hubiera dejado sin orgullo y con el corazón roto, necesita evitar a los hombres. Hacía tiempo que había dejado de soñar con el príncipe azul. Sería el colmo tener que salir con el hombre menos indicado de todos solo para apaciguar a sus productores.

–¿A qué estás esperando? Llámalo. Esperaré a que lo hayas hecho antes de empezar a escribir la nota de prensa.

La última vez que Ashley había invitado a salir a un chico había sido en el instituto. Y no le había salido bien. De pronto, se notó las manos sudorosas. No le tenía miedo a Marcus. Pero temía que él le dijera que no.

***

–No necesito remarcarte la gravedad de la situación –señaló el padre de Marcus con tono frío desde el otro lado de la línea telefónica en la sala de videoconferencias.

Era raro escuchar a su padre, por lo general, siempre de buen humor, hablarle con una voz tan sombría, se dijo Marcus.

–Si no podemos hacer que tu proyecto despegue, las consecuencias serán desastrosas. No se trata solo de que la compañía no crezca. Es por todo el dinero que hemos puesto en ello. Debe funcionar.

Sí, pensó Marcus, mirando a su hermana Joanna, que estaba sentada al otro lado de la mesa de reuniones. Joanna era la directora de marketing de la empresa. Su rostro estaba pintado de preocupación.

–Superaremos el bache –aseguró Marcus–. Antes de que llegue el día de la fiesta de presentación para la prensa, estaremos de nuevo en la brecha.

–No creo que pienses que no confío en ti, Marcus. Claro que confío –continuó su padre–. Lo que pasa es que el sueldo de toda la familia depende de ello. No quiero que nos arriesguemos hasta el punto de nos quedemos sin nada. No es el legado que pensaba dejar tras de mí. Y no es futuro que quiero para mis hijos, ni para mi nieta.

–Me ocuparé de que salga bien, papá. No quiero que te preocupes.

El silencio pesó sobre ellos unos instantes.

–De acuerdo, hijo. Confío en ti. Tengo que hacer más llamadas. Hablaré de nuevo contigo y con Joanna el viernes, ¿de acuerdo?

–Sí. El viernes. Hasta entonces.

–Adiós, papá –se despidió Joanna–. Está muy estresado. Nunca le he visto tan agobiado por algo.

Marcus posó la mano en la pequeñísima montaña de pedidos que se habían hecho en Estados Unidos de su nueva ginebra, Chambers No. 9.

–No podemos culparle. No hemos alcanzado ni la mitad de los objetivos que nos habíamos propuesto –admitió Marcus, pasándose la mano por la cabeza. Se volvió hacia la ventana con vistas a los rascacielos de Nueva York. Y pensar que habían estado tan seguros de que capturarían el interés de los consumidores… Pero no habían tenido ningún éxito. Y sus recursos económicos tenían unos límites. Eso significaba que el tiempo apremiaba. Chambers No. 9 necesitaba un gran empujón, lo antes posible.

Cuando su padre se había tragado su orgullo y había admitido que necesitaba ayuda para salvar Ginebras Chambers de la ruina, Marcus se había dejado llevar por su honda devoción a la familia. Había dejado un trabajo de éxito y con un gran sueldo como jefe de comercio exterior europeo y había aceptado ese nuevo reto sin hacer preguntas. Había insistido solo en una condición. Su padre debía apoyar la expansión al mercado estadounidense con el lanzamiento de un nuevo producto. Se trataba de una preparación artesana, pensada para cócteles. Sabía que había un nicho de mercado perfecto para Chambers No. 9. Lo único que podía hacer era seguir adelante, apostarlo todo o perderlo todo, se dijo.

–Hemos tenido un comienzo lento –comentó él, esforzándose por recuperar la confianza. Lograría solucionarlo. No decepcionaría a nadie–. La red de distribución mejora cada día. El problema es que vamos a tardar más de lo esperado en despegar. La gente no cambia sus hábitos de beber de la noche a la mañana.

–Lo hacen si tienen una razón para ello. Como un buen anuncio en la televisión o una celebridad que lo recomiende. Algo así nos vendría muy bien.

–Nuestros planes publicitarios son muy buenos y bastante agresivos. Me acaban de decir que la revista especializada en cócteles *International Spirits* quiere entrevistarme y sacarme en la portada. Eso es genial.

Joanna cerró los ojos y fingió un ronquido.

–Lo siento. ¿Has dicho algo? La revista *International Spirits* es tan aburrida que me he quedado dormida.

–Eh, son muy buenos. Y tiene mucha influencia en la industria. Oscar Pruitt es un periodista muy famoso. Papá llevaba años detrás de él.

–Ya, pero no va a servir de mucho. Necesitamos algo que vuelva a la gente loca de excitación. Algo inesperado. Algo sexy.

Marcus se recostó en su asiento. Videos virales, memes y celebridades no eran las cartas con las que había pensado hacer triunfar a Chambers No. 9. Pero entendía lo que su hermana decía.

–Tienes razón. Mira, haremos una tormenta de ideas con el resto del equipo de marketing mañana. Quizá deberíamos ser un poco más creativos.

El teléfono de Marcus se encendió con un mensaje de texto. Era de Ashley. Su primera interacción desde la noche anterior, cuando ella lo había agarrado del brazo y le había molestado acusándolo estúpidamente de esconderse.

«¿Estás ocupado? Necesito hacerte una pregunta».

Marcus tecleó su repuesta: «¿Qué quieres?».

Lo último que quería era que Ashley le diera ninguna sorpresa, como por ejemplo, que los obreros fueran a comenzar con el taladro a las cinco de la mañana.

«Invitarte a una fiesta. ¿Puedo llamarte?».

–¿A quién estás escribiendo mensajes? –preguntó Joanna con aire autoritario. Aunque era tres años más joven que su hermano, solía comportarse como mamá gallina con él. Sobre todo, después del desastroso final de su matrimonio.

–Con mi vecina, la señorita George. Me dice algo de una invitación.

–¿Una invitación? ¿De Ashley George? ¿Habéis arreglado vuestras diferencias? Sea lo que sea, debes aceptar –aconsejó Joanna con optimismo.

No había razón para tanta alegría, se dijo Marcus. Su hermana no se molestaba en ocultar su esperanza de que volviera a salir con alguien, en especial, la señorita George. Era una mujer muy guapa y, además, vivía justo al otro lado del pasillo.

Sin embargo, Marcus sabía que Ashley no era la mujer adecuada. Su conversación durante la cena que habían compartido le había disparado todas las alarmas. Cuando Ashley le había contado que su novio había roto la relación porque ella no había querido tener hijos, él había pedido la cuenta y se había despedido con un simple apretón de manos al final de la noche. Lila y él iban en el mismo paquete.

Además, Lila sería pronto lo bastante mayor como para recordar que no había crecido con una mamá. La madre de Marcus era una de las personas más importantes para él. No quería privarle a Lila de esa figura materna. Eso sería mucho peor que ver hundirse Ginebras Chambers.

–No tengo nada que arreglar con la señorita George. Hacemos lo que podemos para soportarnos cuando nos cruzamos en el pasillo –señaló él, y bajó la vista al teléfono otra vez. Otro mensaje. Odiaba los mensajes de texto. Haciéndole un gesto a su hermana de que lo dejara solo, marcó el número de Ashley. Pero Joanna se negó a moverse del sitio.

–¿Algún problema, señorita George? –preguntó él cuando Ashley respondió el teléfono.

–No. Y llámame Ashley, por favor.

Marcus se sentó tras su escritorio, evitando el contacto visual con su hermana.

–¿Qué puedo hacer por ti?

Joanna sacó una hoja de papel y escribió algo a toda prisa. Se lo puso a Marcus delante de las narices: «¡Sé amable!».

–Te llamo para hacerte una propuesta de negocios.

Marcus había esperado malas noticias sobre la obra en la casa vecina. Para nada se había imaginado que fuera a hablarle de negocios.

–Adelante.

–Antes de nada, debes prometerme que no le dirás una palabra de esto a nadie.

Vaya. ¿Un secreto?, se dijo él, lleno de curiosidad.

–No me gusta hacer promesas que no estoy seguro de que podré guardar.

Ashley dio un respingo al otro lado de la línea.

–Aprovechas cualquier oportunidad para contrariarme, ¿verdad? Mira, sé que quieres lanzar Ginebras Chambers en Estados Unidos. La cadena de televisión para la que trabajo va a hacer una fiesta de presentación de la nueva temporada de mi programa. Les gustaría ofrecerte un espacio publicitario esa noche, solo a cambio de que tú pongas la ginebra para los invitados. Tu logo estará en todas partes. La lista de invitados está llena de famosos y todos beberán tu ginebra. Puede obrar maravillas para el lanzamiento de tu nueva marca.

–¿Por qué ibas a querer ayudarme? ¿Y por qué tiene que ser un secreto?

–Ahora iba a contarte eso –rezongó ella–. Necesito que vengas a la fiesta. Conmigo. Como mi pareja.

Durante un momento, Marcus creyó que no la había oído bien.

–Solo salgo con mujeres que buscan algo serio. A causa de Lila.

–Bien. Perfecto. Porque yo no estoy interesada en salir con ningún hombre por el momento. Me refiero solo a que me lleves a una fiesta y finjas que te gusto. La cadena de televisión quiere verme del brazo de un tipo guapo, no estoy saliendo con nadie y te aseguro que tú eres el último con el que saldría.

La situación era un poco triste, pensó él.

–A mí no me parece que *Tu media naranja* y Ginebras Chambers hagan muy buena pareja. No veo ninguna relación entre las dos marcas.

–¿Quieres ganar clientes entre la gente joven y marchosa? Mi público pertenece a ese segmento de la población.

–Aparte de la señora White.

–Ella es mucho más marchosa que tú.

–Eso habría que verlo –repuso él, disfrutando de ver que ella se ponía cada vez más furiosa. No había nada como una refrescante discusión con una mujer hermosa para hacer que la sangre fluyera.

–¿Y bien? ¿Aceptas? Piensa en lo bueno que podría ser para tu negocio.

Ashley podía tener razón en eso, caviló Marcus. Precisamente, había estado hablando con Joanna justo de ello y, a juzgar por la expresión en el rostro de su hermana, parecía a punto de abofetearlo si dejaba escapar la oportunidad.

–Sí, lo haré.

–¿De verdad?

–Sí. Por favor, no me digas que vas a enfadarte conmigo porque he aceptado.

–No. Solo estoy sorprendida, eso es todo. Estás en desacuerdo conmigo por todo.

Así era más fácil convencerse a sí mismo de que no se sentía atraído por ella, se dijo él.

–No te voy a engañar. Ginebras Chambers necesita un empujón. El mercado americano no es tan fácil de conquistar.

–De acuerdo. Es el jueves por la noche. A las ocho. Haré que nos recoja un coche a las siete y media.

–Me pasaré por tu casa a las siete y cuarto.

–Podemos quedar en el ascensor, mejor.

–Ashley, soy un caballero. Un caballero siempre recoge a la chica en su casa.

Capítulo Tres

Ashley apenas reconocía su reflejo en el espejo. Era su cara, su nariz, su pelo, sus ojos. Pero parecía otra, envuelta en aquel caro vestido. Subida en un pedestal, miró de lado a lado, admirando el sublime diseño del vestido que Peter Richie había creado especialmente para ella. Desde que había empezado su programa *Tu media naranja,* en numerosas ocasiones, le había parecido que su vida había sido un sueño. Ese día era uno más que añadir a la lista.

Peter meneó la cabeza despacio, como si no pudiera creer lo que estaba viendo.

–Impresionante.

Se puso en jarras, contemplándola. Una mujer con un montón de alfileres sujetos entre los labios estaba de rodillas delante de ella, sujetándole el bajo del vestido.

Ashley trató de no sentirse incómoda por ser el centro de atención.

–El vestido es precioso. Tienes razón. Muchas gracias. No tienes ni idea de lo mucho que te lo agradezco –dijo Ashley y, cuando bajó la vista, sorprendió a la ayudante de costura haciendo una mueca burlona. ¿Acaso había dicho alguna estupidez? ¿Era una tonta por dar las gracias?

Peter soltó una carcajada.

–No, boba. No me refiero al vestido. Tú estás impresionante. Te vas a llevar todas las miradas en esa fiesta.

Ashley tragó saliva o, al menos, lo intentó. Era difícil quitarse el nudo que tenía en la garganta. Solo de pensar en que todo el mundo la observara se ponía de los nervios. Esas fiestas eran difíciles. La gente quería acercarse a ella, pero todas las conversaciones solían ser demasiado superficiales. Muchos cumplidos y alabanzas, pero nada profundo ni sincero. Pero sabía que, un día, la gente se cansaría de *Tu media naranja* y de su presentadora.

La gente daba por hecho que, como era presentadora de televisión, amaba ser el centro de atención. Pero no era cierto. Ella tenía confianza en lo que hacía y en su capacidad de hacerlo. Ese no era el problema. Le encantaba encontrarle pareja a la gente. Quería que el mundo creyera en el amor verdadero, que recordaran que no todo era maldad y egoísmo. Lo que odiaba era ver su retrato impreso en los carteles publicitarios de los autobuses.

–Me aseguraré de decirle a todos que este maravilloso vestido es obra tuya –le dijo Ashley a Peter.

Peter le guiñó un ojo y la ayudó a bajar del pedestal.

–Ya estás, cariño. Las chicas tendrán el vestido listo a última hora del día. Te lo enviaremos a tu casa.

–Oh, no. Mándamelo a la oficina, por favor. Estoy en medio de una reforma y mi piso es un desastre.

Poco después, salió del estudio de diseño de Peter Richie y decidió caminar por la Octava Avenida hasta su casa. Tal vez, no lograría hacer todo el camino con los tacones, pero lo intentaría. Hacía un precioso día de primavera. Se colocó unas grandes gafas de sol y se recogió el pelo bajo un sombrero para evitar ser reconocida.

Envuelta en la cálida brisa de fines de abril, empezó a tener calor y se quitó la rebeca. Aunque Carolina de Sur siempre sería su hogar, no se veía viviendo en ningún otro sitio que no fuera la ciudad de Nueva York. Era un sitio divertido, vibrante de belleza. También podía ser un lugar solitario, pero cambiar eso era su trabajo. El amor esperaba a la vuelta de cada esquina en la ciudad que nunca dormía.

Después de media hora, le dolían demasiado los pies y paró un taxi. Enseguida, se vio apresada en un atasco, así que aprovechó para llamar a su madre.

–Hola, tesoro.

El dulce acento sureño de Vivian George era todo lo que Ashley necesitaba para olvidarse del estrés del día y sentirse más a gusto.

–Hola, mamá –saludó ella. Si cerraba los ojos, podía recordar exactamente el olor de la cocina en casa de su madre y la sensación de crecer en un hogar donde el amor suplía con creces la carencia de dinero.

–Te gustará saber que van a venir casi treinta personas a casa para ver el estreno de la segunda temporada de *Tu media naranja.* Ojalá pudieras estar aquí, cariño, pero sé que estás ocupada.

Hacía dos meses que Ashley no iba a la casa familiar. Era difícil para ella escaparse del trabajo. Y eso le hacía sentir culpable.

–Necesito ir a casa. Y lo haré. O, quizá, papá y tú podríais venir a visitarme. Os puedo comprar billetes de primera clase. Os quedaríais en mi cuarto de invitados. Cuando tenga la reforma terminada, el piso te va a encantar. Quiero enseñároslo.

–Lo sé. Tenemos que ver si tu padre mejora. Ahora mismo no está lo bastante fuerte como para viajar.

–Podría pagar a una enfermera para que viaje con vosotros. Así, tú no tendrías que ocuparte de nada. Te juro que no me costaría mucho hacerlo.

–Eres mu generosa, hija. Pero no quiero prometerte

nada. A tu padre ni siquiera le gusta hacer el viaje al supermercado. Nueva York es una ciudad demasiado grande. Lo hablaré con él.

Por la ventanilla del taxi, Ashley se dio cuenta de que estaban a punto de llegar.

–Solo quiero enseñaros mi casa. Eso es todo.

Quería mostrarles que le había ido bien en la vida y que era una buena hija.

La mecedora que había en el cuarto de Lila era perfecta para que su padre jugara con ella en sus brazos.

–Bueno, Lila, papá va a salir con una chica esta noche, pero es muy importante que sepas que siempre serás la mujer más importante para mí.

Lila lo miró con aire divertido.

–Hola –dijo la pequeña y le acarició la cara, sonriendo.

Él rio. Era la nueva palabra que había aprendido su hija y le encantaba repetirla.

–Hola, caracola.

–Hola –replicó ella.

Joanna, que se iba a quedar a pasar la noche para cuidarla, los escuchaba desde la puerta. Le tendió los brazos a su sobrina.

–¿Quieres venir? –le dijo Joanna a Lila, y miró a Marcus–. No es buena idea tener un bebé en brazos con el esmoquin puesto. Te babeará entero.

–Un beso más y me voy a esa maldita fiesta –dijo él.

Entonces, un goterón de saliva le aterrizó en el traje negro.

–¿Lo ves? –le reprendió Joanna, y agarró una toallita húmeda de la cómoda–. Te va a estropear la ropa –protestó, y se arrodilló a su lado para limpiarle la boca a Lila–. Papá necesita que te salgan de una vez los dientes para que todos podáis dormir mejor por la noche y no tengamos que poner lavadoras cada dos por tres.

Marcus se encogió de hombros.

–A mí no me importa. Significa que todavía es un bebé. No tengo prisa por que crezca.

Y así era. Adoraba esos momentos que pasaba con su hija. Le gustaría congelar el tiempo y detener el reloj de su búsqueda imposible de una mujer que pudiera desempeñar el papel de su esposa y madre de Lila.

–Me alegro de que salgas esta noche, Marcus. De verdad. Espero que lo pases bien.

–Es bueno para nuestro negocio. No es más que eso. Ya lo sabes. Querías una forma espectacular de publicidad y creo que esta fiesta va a serlo.

–En realidad, espero que en lo personal también resulte algo bueno para ti –dijo Joanna, y tomó a Lila en brazos–. Ahora, vete, antes de que tenga que echarte. Vuelve todo lo tarde que quieras. Ni se te ocurra aparecer por aquí antes de medianoche.

–¿Por qué no?

–Porque, si lo haces, significará que no te has divertido. Y te hace falta divertirte, Marcus. Necesitas relajarte y disfrutar un poco de la vida.

Marcus se levantó de la mecedora y le dio otro beso más a Lila en la mejilla.

–Buenas noches, cariño. Dile a la tía Joanna que volveré a media noche.

Acto seguido, salió de su piso y atravesó el pasillo hasta la puerta de Ashley. No le sorprendió que ella no respondiera de inmediato. Notas de música de baile popular sonaban al otro lado. Esa era otra cosa en la que eran polos opuestos. Él prefería el soul de los años sesenta.

Se ajustó el cuello de la camisa, que le estaba asfixiando. Se preguntó qué llevaría puesto una presentadora de televisión a una fiesta en su honor. Seguramente, algo ostentoso y horrendo, rosa fuerte con lentejuelas. Iba a necesitar tomarse unas cuantas copas, se dijo. Por suerte, habría disponible suficiente Chambers No. 9.

Llamó de nuevo a la puerta. La música se detuvo.

La puerta se abrió.

–No lo digas –advirtió Ashley. Tenía las mejillas sonrojadas–. Voy con retraso. Lo sé. Necesito dos minutos para vestirme. La peluquera y el maquillador acaban de irse y mi teléfono no ha dejado de sonar un momento –explicó ella, haciéndole una seña para que pasara.

Marcus cerró la puerta tras él. Tenía los ojos abiertos como platos. Y no era porque le sorprendiera que Ashley fuera a llegar tarde a su propia fiesta. Era por la maldita toalla. Llevaba tiempo sin estar tan cerca de una mujer hermosa cubierta solo por una toalla. Encima, Ashley no era una mujer cualquiera. Era la persona que había estado tratando evitar desde hacía meses. No podía dejar de mirar sus esbeltas piernas, sus pies y hombros desnudos. A su paso, dejaba un reguero de olor a lluvia de verano y vainilla.

–No pasa nada –logró decir él, tras aclararse la garganta.

Pero ella ya había desaparecido hacia el interior de la casa.

Desesperado por aclararse las ideas, Marcus miró a su alrededor. La distribución se parecía a la de su casa, aunque mucho más desarreglada. Había sábanas cubriendo los muebles, material de obra en cada esquina. El suelo estaba tapado con papel marrón y había una enorme lámpara de araña envuelta en plástico sobre la mesa del comedor. ¿Cómo podía vivir en un caos semejante? Él no podría soportarlo ni cinco minutos. La habitación olía a pintura fresca. Sin embargo, un ligero toque del perfume de Ashley asaltaba el centro de su sistema nervioso, recordándole que la mujer que deseaba y la mujer que necesitaba eran dos personas por completo diferentes.

–Ya te dije que solo tardaría un minuto –dijo Ashley a su espalda.

Marcus se volvió, en absoluto preparado para su cambio de vestuario. Nada de rosa, ni de lentejuelas. No. Llevaba un vestido plateado de un gusto exquisito. Unos delicados tirantes de seda le recorrían los hombros. El escote era sublime, lo bastante bajo como para complacerlo enormemente… y como para hacerle desear que sus pantalones tuvieran más espacio para albergar su erección. Llevaba el cabello rubio recogido en un elegante moño a un lado.

Caminó delante de él como un hada, pura gracia en movimiento. Paralizado, Marcus se había olvidado de respirar.

–¿Qué? –preguntó ella, mirándose el vestido–. ¿Es demasiado sofisticado? ¿No me queda bien?

«Es perfecto. Tú eres perfecta», pensó Marcus. Sin embargo, no era cierto. Ashley era lo más alejado a la perfección en lo que a él se refería. Meneó la cabeza, tratando de poner en orden sus pensamientos.

–No. No está mal.

Ashley arqueó las cejas.

–Al menos, no debo preocuparme porque me mates de amabilidad.

Marcus se esforzó por dejar de soñar despierto con quitarle los tirantes del vestido y zanjar su trato de negocios con un beso interminable.

–Recuerda, esta cita solo tiene que ver con los negocios –indicó él, y señaló a la puerta–. ¿Vamos?

La limusina los estaba esperando en el garaje. Así se lo había pedido Ashley al chófer después de haber visto a un puñado de fans merodeando los alrededores del edificio. Esa era otra razón más por la que ella no era la persona indicada, se dijo Marcus.

La joven presentadora se removió en su asiento, abrió varias veces el espejito de sus polvos de maquillaje, se hizo algunos retoques. Suspiró.

–¿Va todo bien?

–Sí, claro. Solo estoy un poco nerviosa.

Marcus no estaba seguro de cómo describiría sus propias sensaciones. Sabía que algo no iba bien en su interior. Respiró hondo. Lo estaba haciendo todo por el bien de su familia. Nada más. Al día siguiente, Ashley y él volverían a su rutina de antipatía, rodeados de polvo y ruido de la obra. Ese tipo de relación le resultaba mucho más manejable, la verdad.

–Deberíamos ponernos de acuerdo en lo que vamos a decir –comentó ella–. La gente querrá saber cómo nos hemos conocido. Y si lo nuestro va en serio.

La idea de inventarse un romance no le resultaba agradable a Marcus. No era así como funcionaban las cosas. Pero Ashley estaba acostumbrada a ello. Su trabajo consistía en orquestar el amor o, a menos, fingirlo.

–¿Podemos hacerlo lo más sencillo y sincero posible? Nos conocimos porque somos vecinos y nos lo estamos tomando con calma. Suena bien, ¿no?

–¿Y si nos preguntan sobre nuestra primera cita? Si somos sinceros respecto a eso, todo el mundo sabrá que esto es una farsa.

Marcus se aclaró a garganta.

–No es asunto suyo.

–La prensa no estará de acuerdo. Nos machacarán si no decimos algo –advirtió ella, y se aplastó contra el respaldo, abriendo y cerrando compulsivamente el broche de su pequeño bolso plateado–. Les diremos que salimos a cenar y que saltaron chispas entre nosotros. Obviaremos la parte en que me estrechaste la mano al final de la velada y, al día siguiente, empezó la guerra.

Esa mujer no tenía ningún respeto por los temas incómodos de conversación, pensó él.

–Esa noche, me porté como un caballero. No quería aprovecharme.

–Ni me diste la oportunidad de explicarme. Bebí demasiado vino, ya sabes. Estaba nerviosa. Digo muchas estupideces cuando estoy nerviosa.

Los flashes de las cámaras los recibieron a través de los cristales de la limusina, que había llegado a su destino, poniendo fin a esa incómoda conversación. Los fotógrafos disparaban sin cesar.

–Sígueme y haz lo mismo que yo con los fotógrafos. Me he entrenado para hacer exactamente lo que esperan. No te dolerá. Te lo prometo –dijo ella, y le dio una palmadita en la rodilla–. Y relájate, por favor. Sé que puedes ser un hombre encantador. Yo te he visto serlo. Ese es el Marcus que necesito para esta fiesta, no tu habitual actitud malhumorada.

Marcus se puso más tenso todavía. ¿Por qué no dejaba de meterse con él? Ashley no tenía ni idea de lo que había pasado, de las experiencias que habían forjado su naturaleza seria. Y él no tenía ganas de explicárselo.

–Sé cómo comportarme en una fiesta. No te preocupes por mí.

–Bien. Veamos qué tal lo haces.

El chófer abrió la puerta. En cuanto Ashley salió

del coche, la multitud rugió de excitación. Fotógrafos y fans gritaban su nombre. Posó un pie en la alfombra roja, se volvió hacia Marcus y le tendió la mano con una encantadora sonrisa. Sus jugosos labios rosados rogaban ser besados. Él se quedó hipnotizado contemplando su cálida expresión. Era la tentación en carne y hueso, tendiéndole la mano. Delante de tanto público, no tuvo más remedio que dejarse llevar. Entrelazó sus dedos y comenzó a caminar detrás de ella, metiéndose de cabeza en la boca del lobo.

Las cámaras estaban en todas partes y todas apuntaban hacia la pareja. Cuanto más persistentes eran los flashes, más fuerte le agarraba ella la mano, más se aferraba a él. Era como si necesitara tener la seguridad de alguien a su lado. Y Marcus sentía la necesidad instintiva de protegerla, aun cuando sabía que era una inclinación a la que debía resistirse con todas sus fuerzas.

Ashley sonreía sin parar ante los fotógrafos, saludando a la gente que los rodeaba como si hubiera nacido para ser famosa. ¿Nerviosa? No lo parecía en absoluto, pensó él. El poder magnético de aquella mujer era increíble y no podía hacer nada para alejarse de ella. Su misión, esa noche, era ser su apuesto galán. Eso significaba mirarla con adoración para dar la imagen que buscaban ante las cámaras. Aunque, cada segundo que pasaba, sabía que le costaría más esfuerzo desenredarse de su hechizo después.

Un fotógrafo pidió ver la parte trasera del vestido de Ashley. Ella soltó la mano de Marcus un momento, se volvió hacia él y le dedicó la mirada más sexy que había visto jamás. A él le daba vueltas la cabeza. Las cosas no iban bien. Iba a tener que pasarse cuatro horas fingiendo ser su enamorado acompañante. Necesitaba un mantra al que agarrarse, algo que repetirse para impedir caer de cabeza a sus pies. «No te enamores de ella, Marcus. No te enamores».

Ashley se había prometido entrar en la fiesta relajada, con una sonrisa en la cara. Había planeado entrar como si fuera la dueña de aquel esplendoroso lugar, con sus relucientes lámparas de araña de cristal, las carísimas botellas de champán y todo lo demás. Diablos, era su fiesta. Esa noche estaba dedicada a ella.

Ese era, precisamente, el problema. Al verse frente a frente con la gente que abarrotaba el salón, comprendió lo vana que había sido su promesa. Siempre conseguía meter la pata y sonrojarse cuando alguien le hacía demasiadas preguntas personales. Las fiestas elegantes no eran lo suyo. Ni lidiar con cientos de personas a la vez. Una cena para dos, sin periodistas de por medio, se acercaba mucho más a su estilo.

Los presentes los rodearon. Querían hacerse una foto con la estrella, ofrecerle cumplidos, tocarla. Algunos tocaron a Marcus también. Y comenzó la inquisición.

–Háblanos de tu acompañante.

–¿Dónde has encontrado a este hombre tan guapo?

–¿Cómo has podido mantenerlo en secreto?

–Hacéis muy buena pareja. ¿Has encontrado tu propia media naranja?

A Ashley se le aceleró el pulso. Si ya empezaba a entrar en pánico, a desear escapar, le quedaba por delante una larga noche. Buscó a Grace entre la multitud, sin encontrarla. No tenía más remedio que seguir sonriendo y asentir cuando alguien la felicitaba. Rio con nerviosismo ante los chistes fáciles. La música latía en sus sienes. El sonido de las voces le resultaba atronador; todos intentaban hablar a la vez. Marcus y ella quedaron apretados el uno contra el otro, acorralados por la multitud. Él actuaba con elegancia, se mostraba paciente y respondía con mesura. Pero, cuando la masacre verbal comenzó a ser insoportable, posó sus mágicos ojos verdes en ella. En ese momento, Ashley percibió su apoyo, no vio en él al hombre que tanto la odiaba.

Ella se puso de puntillas y le habló al oído, agarrándose a sus fuertes hombros, sintiendo el delicioso roce de su barba incipiente.

–Tengo un poco de sed. ¿Podemos beber algo?

–Genial. Creo que a los dos nos sentará bien.

Ashley le apretó la mano como respuesta. Él no se inmutó, como si pudiera aguantar sin problemas lo mucho que le estaba estrangulando los dedos. Era una sensación muy reconfortante para ella. Era como si pudiera ponerlo a prueba y nunca, jamás, la decepcionaría. Era justo la persona que necesitaba tener a su lado en ese momento. Una sólida roca británica.

Marcus empezó a caminar con Ashley entre la gente. Ella pasó de largo ante todas las personas con quienes, en realidad, no quería hablar, saludó con la mano y se excusó diciendo que él quería beber algo.

Por el momento, Marcus se estaba comportando como el acompañante de sus sueños. Aunque, por supuesto, aquello era una falsa cita. No era un hombre que hubiera decidido llevarla a ninguna parte por propia elección. Era alguien que solo había querido darle un frío apretón de manos cuando habían salido juntos.

Aunque, por el momento, Ashley se imaginaría que él de veras quería estar a su lado y que ella no había sido tan estúpida como para haberlo espantado aquella noche. Había sido una tonta al haber hablado sin parar de que su novio la había dejado porque había estado demasiado dedicada a su trabajo y no había estado preparada para tener hijos. No había tenido la oportunidad de explicarle a Marcus que James tenía once años más que ella y, a los cuarenta, tenía un reloj biológico distinto. Además, había respondido como un imbécil cuando ella se había atrevido a expresar sus dudas sobre el futuro de su relación.

Por eso, para poder fingir que Marcus y ella eran pareja, era hora de representar el papel de presentadora de *Tu media naranja* y actuar como todo el mundo esperaba de ella.

–¿Gin tonic? –preguntó Marcus, cuando por fin llegaron a la barra.

Ella asintió.

–Perfecto.

Un hombre le tocó a Marcus en la espalda y se presentó como Alan, uno de los productores de la cadena de televisión.

–Ya me he tomado mi segunda copa de Chambers No. 9 y tengo que confesar que estoy bastante impresionado.

El camarero les sirvió y Ashley le dio un trago a su vaso.

–Es la cosa más deliciosa del mundo, ¿verdad? –comentó ella, aunque esa era la primera vez que lo probaba. Tomó otro trago. En realidad, sabía muy bien. Y le sentó de maravilla. Cuando se hubiera terminado la copa, se sentiría mucho más preparada para lidiar con las incontables conversaciones que la esperaban.

–Gracias a los dos –dijo Marcus, tomando su vaso.

Un desfile continuo de gente se acercó a Ashley, la mayoría, pidiéndole un adelanto de la nueva temporada de su programa.

–¿Cuál es la pareja más difícil que has unido en la nueva temporada? –preguntó un periodista.

–Probablemente, a dos abogados de firmas rivales. Nunca he visto a dos personas discutir tanto como ellos. Mi equipo pensaba que me había equivocado, pero yo podía notar la atracción que había entre ambos. Cuando lograron dejar sus egos de lado, se enamoraron de pies a cabeza. Es uno de mis episodios favoritos de este año.

Marcus, que estaba escuchándola, asintió.

–Ella sabe detectar cuándo dos personas deberían estar juntas.

–¿Y qué nos dice de usted, señor Chambers? Hábleme de su ginebra.

Ashley escuchó mientras él hablaba de su padre y de su abuelo, de su impresionante linaje, de la historia que había detrás de Ginebra Chambers. Ashley no tenía nada igual de lo que alardear. Pero no le importaba. Aunque odiaba las miradas de lástima que le dedicaban cuando le preguntaban por su familia y ella contestaba la verdad, que había crecido con dos hermanos, que sus padres los habían querido mucho. Aparte de eso, no había podido contar nada más. No sabía cómo había podido sobrevivir con una historia familiar tan pobre.

Marcus era lo opuesto a ella. Había nacido bajo el ala de una familia rica y aristocrática. Aunque trabajaba mucho, eso era cierto. No parecía la clase de persona que se dormía en los laureles.

–La ginebra es la pasión de mi familia. Y es un arte. Empecé mi carrera profesional en el campo de la seguridad, pero me alegro de dirigir el negocio familiar y su expansión en el mercado norteamericano.

Grace apareció justo en medio de esa conversación. Marcus pidió otra ronda de bebidas, después de que Ashley los hubiera presentado.

–Es demasiado guapo –le susurró Grace a su amiga al oído.

–Sí, lo sé.

–¿Y se está portando bien, por ahora?

–Sí –respondió Ashley, pegándose a su amiga para que nadie pudiera oírlas–. Ya veremos cómo hacemos el camino de vuelta a casa. No será tan encantador conmigo cuando estemos solos –añadió, mientras más periodistas se acercaban–. Pero ya te lo contaré mañana.

–Tengo que irme. Hay un problema con la lista de invitados. Nos vemos luego –se despidió Grace, después de haber sacado el teléfono del bolso y haber revisado sus mensajes. Le dio una palmadita a Ashley en el hombro–. Lo estás haciendo muy bien. No dejes de sonreír –la animó y desapareció entre la multitud.

–Ashley George, quiero saber exactamente cuándo te has echado novio –dijo una mujer detrás de ellos.

Ashley se giró y se topó con Maryann, editora de la revista digital que había publicado sus embarazosas fotos comprando helado un sábado por la noche. Maryann era un espécimen humano muy bello por fuera, con nariz respingona y largas piernas. Pero, por dentro, era una víbora.

Ashley le habló al oído a Marcus.

–Cuidado con esta. Es mala.

–Marcus Chambers –se presentó él, tendiéndole la mano a Maryann–. Encantado. ¿Tú eres…?

–Maryann Powell. De *El correo de las celebridades*. Somos la revista *on line* de cotilleos más importante de la Costa Oeste.

Marcus asintió con sus distinguidos modales tan característicos.

–Ah. No he tenido todavía la oportunidad de ver tu web, pero estoy seguro de que es excelente.

Ashley arrugó la nariz y le dio un trago a su copa.

–Te sigo de cerca, Ashley –le dijo Maryann, señalándola con un dedo–. Es mi trabajo saber si tienes novio. No es posible que se me pasara por alto.

La gente como Maryann era la razón por la que, a veces, Ashley odiaba ser famosa.

–Somos vecinos, Maryann. Así es como nos hemos conocido y por eso hemos podido mantener con discreción nuestra relación.

–Vivimos uno al otro lado del pasillo del otro –añadió él.

Marcus habló con total naturalidad, como si estuviera diciendo solo la verdad.

–¿Y? –preguntó Maryann–. Quiero detalles jugosos. Esta es vuestra oportunidad. Mañana os pondré en la portada de la web. Nuestro portal es el número uno para quien quiere hacerse publicidad.

En ese momento, un fotógrafo salió de detrás de Maryann y tomó algunas fotos.

–Es bastante sencillo –comentó Marcus, rodeando a Ashley de los hombros–. Salimos a cenar y saltaron chispas entre nosotros.

Ashley habría sonreído al ver que él había recordado lo de las chispas, si no hubiera sido porque estaba demasiado embelesada por la sensación de su brazo rodeándola. Marcus la apretó a su lado, igual que un novio haría. Incluso, empezó a trazarle suaves círculos en el brazo. Ella tuvo que hacer un esfuerzo por no derretirse. No sabía si era por la ginebra o por sus caricias, pero comenzaba a sentirse embriagada.

–Me parece raro no haberos visto en ningún sitio juntos. ¿No será esto una treta publicitaria? Hace poco, publicamos esas fotos tuyas comprando helado un sábado. Fue un bombazo. Conozco a Grace. Sé que es un excelente publicista. Lo raro habría sido que no hubiera hecho nada para acallar los comentarios que suscitaron esas fotos.

Si Ashley hubiera tenido superpoderes en ese momento, habría elegido la habilidad de hacer desparecer a Maryann. Necesitaban apartarse de ella si no quería volverse loca. Rodeó a Marcus de la cintura y apoyó la cabeza en su hombro. Con sutileza, le dio una patadita en un lado del pie.

–Lo siento. No es ninguna treta.

Marcus se aclaró la garganta y miró a su acompañante.

–¿Vamos a dar una vuelta, mi amor? Seguro que tienes que hablar con un montón de gente esta noche –dijo él, y se giró para irse.

Pero Maryann le agarró a Ashley del brazo.

–¿Y precisamente has elegido a un empresario británico que es modelo de calendario? Un poquito forzado, ¿no te parece?

Marcus se volvió hacia ella.

–Lo siento, pero el calendario tiene un objetivo benéfico y tiene casi veinte años de tradición. Y mi profesión es la que es. Mi familia lleva más de un siglo haciendo ginebra. En cuanto al resto de las cosas que has estado insinuando, hoy es la gran noche de Ashley y creo que es hora de que… –dijo él, y miró a su alrededor–. Es hora de nuestro primer baile.

Tomándola de la mano, se sumergió en la multitud. Llegaron a la pista de baile enseguida. La sujetó de la cintura y la llevó al centro, lo más lejos posible de Maryann.

–Lo siento, pero teníamos que escapar de esa horrible mujer. Sabes bailar, ¿verdad?

–Claro que sí –respondió ella. De niña, se había pasado muchas noches de verano en el porche en casa de sus padres, aprendiendo a bailar como una dama. La música de esa noche era un poco distinta, más lenta… y más romántica.

–No quiero resultar anticuado, pero suele ser el hombre quien lleva a su pareja.

Ashley siempre había tenido problemas con eso. Incluso a los siete años ya había tenido la tendencia de llevar ella a su pareja.

–Después de mal rato que me ha hecho pasar Maryann, ¿ahora vas a agobiarme con eso?

Marcus la apretó contra su cuerpo, provocándole un inesperado escalofrío de placer.

–Relájate.

–Eh, soy yo la que te decía eso –repuso ella, y respiró hondo, demasiado consciente de la cercanía de su fuerte cuerpo. Con unas capas menos de ropa, aquel baile cobraría un significado por completo diferente.

Era tan buen bailarín que comenzaban a llamar la atención. La gente empezaba a observarlos. Una vez más, Ashley se sentía bajo escrutinio.

–Lo siento si lo que he dicho te ha resultado embarazoso –se disculpó él–. Necesitaba alejarme cuanto antes de esa víbora.

Ashley lo miró a los ojos. Él tenía la misma expresión severa de siempre aunque, por una vez, los dos parecían estar del mismo lado.

–Estoy segura de que me hará pagar por ello antes o después, pero me alegro de que lo hicieras. Se lo merecía.

–Igual debería explicarte lo de ese calendario. Es una tontería, en realidad.

–Ya sé lo del calendario. Lo vi en internet.

–¿Así que has estado buscando información sobre mí? –preguntó él con una mueca socarrona.

–Una chica debe ser cautelosa. Hay muchos psicópatas sueltos. Tenía que asegurarme de que no saliste de Inglaterra huyendo de una acusación de asesinato.

Marcus sonrió y meneó la cabeza.

–Escapar de ese calendario fue una razón más que suficiente para salir de Inglaterra. Mi hermana me convenció para que lo hiciera, pero creo que sus motivos iban más allá de la beneficencia. Solo llevaba unos meses divorciado y a mi hermana se le ocurrió la bobada de que eso me ayudaría a encontrar novia.

Ashley ardía en deseos de preguntarle por su exmujer, aunque no se quería arriesgar a molestarlo. No quería poner en jaque la agradable seguridad de sus brazos.

–Suena como si tu hermana pudiera ser una buena candidata para mi puesto de trabajo.

Él rio. Un sonido delicioso que a Ashley le encantó. Le había hecho enfadar demasiadas veces. Era un buen cambio, pensó.

–Esto no te agrada demasiado, ¿verdad? –preguntó él–. Ser el centro de atención te molesta.

Ashley tuvo la tentación de negarlo, pero no lo hizo.

–Es parte de mi trabajo. Aunque me abruma. Cuando entro en una fiesta como esta, mi primer impulso es darme media vuelta y salir corriendo.

–Se te dan mejor los encuentros con una sola persona.

¿Estaba flirteando con ella?, se preguntó Ashley, sorprendida por el tono seductor de su voz, que le hacía temblar las rodillas.

–Sin duda, prefiero ser el centro de atención de una sola persona.

–Como ahora.

–Exactamente.

La canción cambió, pero Marcus siguió manteniéndola apretada contra su cuerpo, como si no tuviera intención de soltarla.

–La gente nos está mirando, ¿lo sabes?

Algo en su tono de voz hacía que ella se derritiera.

–Me he dado cuenta.

–Me pregunto qué estarán pensando.

Ella tragó saliva, aunque no pudo contener las palabras que escaparon de su boca.

–Están cavilando si estamos enamorados.

–Ah, ya. Amor –dijo él, y meneó la cabeza–. Tu público estará mucho más fascinado contigo y tu programa si creen que estás enamorada.

–Eso me han dicho.

–¿Y tú te crees ese cuento de encontrar la media naranja para todo el mundo? ¿O solo finges ante las cámaras?

Era curioso, pero nadie le había hecho nunca esa pregunta.

–Yo me lo creo.

Marcus miró a su alrededor en la pista de baile. Todos los ojos estaban clavados en ellos.

–Estoy tentado de ofrecerles el espectáculo que están esperando. Al menos, serviría para hacer que esa horrible Maryann cerrara la boca.

De nuevo, su varonil acento aterciopelado la tenía embobada. Le daba igual lo que dijera, era su voz lo que la embelesaba.

–¿Qué estás pensando?

–Si lo hacemos, creo que es mejor empezar despacio, darle un anticipo de lo que está por llegar.

A Ashley se le aceleró el corazón al pensar en lo que podían hacer juntos. Sin embargo, no debía dejarse distraer por sus fantasías. Debía mantener el control y la compostura.

–Claro. No queremos ir demasiado rápido –repuso ella. Aunque, en el fondo, solo quería ir muy deprisa con él, lejos de allí, a solas.

–Puedo empezar besándote en la mejilla, susurrándote al oído que estás muy guapa esta noche –murmuró él, haciendo exactamente lo que decía, posando sus cálidos labios en la cara de ella, bañándola con su aliento.

Con la cabeza dándole vueltas, Ashley sintió el impulso de utilizar su situación como una excusa para aprovechar la oportunidad. Justo como él estaba haciendo. Lo sujetó de la nuca y le acarició el lóbulo de la oreja con el pulgar. Él entreabrió los labios.

–¿Así que estoy guapa? Antes me dijiste que no estaba mal.

La mirada de Marcus era intensa, brillante bajo la suave luz de la pista de baile. El sonido y el movimiento se difuminó a su alrededor.

–Mentí. Estás espectacular.

Ella se sonrojó.

–Y tú eres el hombre más atractivo que he visto jamás. Maldito seas.

Marcus le sujetó la cara entre las manos, mirándola como si hubiera estado planeándolo desde hacía tiempo. No titubeó. Parecía decidido y lleno de determinación. A ella se le aceleró el corazón. Bajo su intensa mirada, se sentía como si estuviera desnuda. Él cerró los párpados. Ella hizo lo mismo. Y, antes de que pudiera tomar aliento, la besó.

La sensación que la invadió fue indescriptible. Una cálida marea la recorrió de pies a cabeza. Se puso de puntillas y se derritió entre sus brazos. Nunca había sido besada con tanta maestría. Ni siquiera por James, que era un amante muy cualificado. Entonces, entró en juego su lengua. Sensual, embriagadora.

Así que esos eran los fuegos artificiales de los que hablaban en los cuentos, se dijo ella.

Cuando separaron sus bocas para respirar, Ashley estaba en las nubes. Los flashes los rodeaban.

–Espero que les hayamos dado lo que buscaban –susurró él.

Ella asintió, sin saber qué decir, hipnotizada por la visión de sus labios, preguntándose cómo sería sentirlos por todo el cuerpo, por el cuello, el pecho... Al volverse, vio el ejército de fotógrafos que los asediaba.

–Porque yo sí he logrado lo que quería –musitó él.

–Deberíamos irnos –dijo Ashley mirando a Marcus abrumada por su cercanía, casi incapaz de pensar.

Por eso, decidió escuchar a su cuerpo. Lo único que deseaba sin lugar a dudas en ese momento era estar a solas con él. Quizá, Marcus actuaría como si su beso hubiera sido un error y, en ese caso, era mejor que no hubiera nadie cerca. O, tal vez, querría más. Y, en ese caso, ella quería estar cerca de una cama. Igual no volvía a presentarse una oportunidad como esa jamás.

–¿No tienes que quedarte? –preguntó él.

Ella negó con la cabeza. Sabía que la reprenderían por irse pronto, pero no le importaba... Ese hombre la había vuelto incapaz de pensar en las consecuencias de nada.

–No. No quiero responder preguntas sobre el beso. Es mi fiesta y ya he tenido bastante –respondió ella, tomándolo de brazo con determinación.

–Bien. Vamos, entonces.

Mientras se dirigían a la entrada, Ashley sintió la deliciosa libertad de poder escapar del brazo de Marcus.

La limusina emprendió la marcha por el corazón de la ciudad de Nueva York. Sentada a su lado, todavía podía notar el sabor de sus labios. Se mantuvo quieta, tratando de comportarse como una dama, esperando alguna indicación de lo que él pensaba. Le costaba respirar, como si no pudiera llenarse de oxígeno por mucho que lo intentara. Cuando miró a su acompañante, él le dedicó una media sonrisa.

–Vaya noche, ¿eh?

–Ha terminado mejor de lo que esperaba.

Marcus rio. Sin decir nada, ella plantó la mano en el asiento, entre los dos, con la palma hacia arriba, pidiéndole con un gesto su contacto. Él bajó la vista a su mano y, durante unos agonizantes instantes, no hizo nada. Al fin, comenzó a acariciarle la palma con el pulgar.

–Esta es la línea de la vida –dijo Marcus, trazando una de las rayas de su mano.

Ashley no podía estar más embelesada por su contacto. Lo miró a los ojos. Quería dejarse llevar donde aquello los condujera. Aunque sabía que debía contenerse. Era mejor esperar a llegar a su casa que empezar algo en la limusina. «Tranquila, no te embales», se dijo.

–Si recuerdo bien, las líneas de tu mano dicen que eres una persona con la que se puede contar en los momentos difíciles –comentó él.

A Ashley le gustaba eso. Quería que la gente pudiera confiar en ella, sobre todo sus padres. Aunque se sintiera como si no fuera capaz de ocuparse de su propia vida. ¿Pero era Marcus quien le decía esas palabras?

–¿Sabes leer la mano?

–Se llama quiromancia, un arte muy popular en el Reino Unido. Mi tatarabuela era presidente de la Sociedad Quiromántica de Gran Bretaña –dijo él, y frunció el ceño, fingiendo seriedad–. Les preocupaba mucho conservar sus conocimientos y denunciar los abusos de los charlatanes.

–Es lo último que esperaba oír de ti, Marcus.

Él sonrió, sus miradas entrelazándose.

–Quizá no eres tan perceptiva como crees.

–Soy muy perceptiva y percibo que se te da muy bien guardarte las cosas.

Marcus bajó la vista de nuevo y, con suavidad, volvió a trazarle otra línea de la mano.

–Esta es la de la cabeza. La tuya dice que sabe leer los sentimientos de los demás. Empatizas con ellos.

–¿Lo ves? Te lo dije.

–También significa que cambias a menudo de opinión. No estoy seguro de que esa sea una buena cualidad. Puede hacerle la vida difícil a la gente que hay a tu alrededor.

–Depende de cómo lo veas. Para algunos, significa que soy flexible.

–Tu línea del corazón está partida en dos –comentó él, observándole la mano con interés.

–¿Eso quiere decir que me lo han roto? –preguntó ella con la respiración acelerada. ¿Acaso Marcus podía adivinar que era un alma solitaria y herida necesitada de amor?

–En realidad, significa que tienes la costumbre de poner los sentimientos de los demás por encima de los tuyos. Deberías concentrarte en lo que tú quieres, Ash.

Esa era la primera vez que Marcus la llamaba por su diminutivo. Y a ella le encantó. Entonces, cuando él empezó a acariciarle la mano, se quedó sin respiración. ¿Cómo era posible que la excitarla de esa manera solo con rozarle la mano con un dedo? Intuía que Marcus era capaz de eso y mucho más.

–Tu piel es muy suave –murmuró él con tono sensual–. Podría estar tocándola siempre.

–Yo te dejaría hacerlo –respondió ella.

Marcus se cambió de posición y se le entreabrió la chaqueta, lo suficiente como para que Ashley pudiera darse cuenta de cuál era el estado de su bragueta. Estaba tan excitado como ella. Ella se relajó. Al parecer, la atracción era mutua.

Por suerte, el coche entró en el garaje del edificio. Ashley se sintió despertar de un fabuloso sueño solo para descubrir que la realidad era aún mejor. No había salido de un coche tan rápido nunca en su vida. Llegaron al ascensor en un abrir y cerrar de ojos.

Las cosas, por fin, estaban yendo como ella quería. Y quería que todo saliera perfecto.

–¿Quieres… venir a mi casa?

–Creí que nunca lo preguntarías –respondió él, tomándola de la mano y dedicándole una sonrisa que delataba las ganas que tenía de devorarla.

Ashley estaba más que dispuesta de servirle de cena, desayuno y almuerzo.

–¿Necesitas ir a ver a la canguro o algo?

–Mi hermana está con Lila. Estarán bien.

Cuando el ascensor llegó a su destino, Ashley le tomó de la mano y entraron en su piso. Dejó el bolso en la mesa de la entrada. Él se quitó la chaqueta.

Ella lo agarró de la mano de nuevo y se la llevó a uno de los tirantes del vestido, para que se lo bajara. Marcus lo hizo y la abrazó de la cintura antes de hacer lo mismo con el otro tirante.

–Bueno, bueno… –susurró él con una sonrisa.

–En la limusina, me dijiste que me concentrara en lo que quiero. Estoy obedeciendo órdenes –dijo ella.

La luz de la ciudad se filtraba por las ventanas detrás de él, enmarcando su masculina figura, pintando sombras en su fuerte mandíbula y los contornos de su cuello.

–Eres tan hermosa –dijo él, acariciándole el cuello–. Estoy deseando verte desnuda.

–Y yo. Quiero ver si el calendario estaba trucado o si de verdad estás tan guapo sin camisa.

Él rio.

Ashley se puso de puntillas y lo rodeó con sus brazos. Lo besó con fuerza. A Marcus le gustaba eso de ella. Era como besar pura dinamita. Le recordaba que estaba vivo. Ella lo deseaba. Y él la deseaba. Eran dos adultos capaces de tomar sus propias decisiones. Ya pensaría en las consecuencias después.

Sus labios se encontraron con ansiedad, lenguas entrelazadas. Marcus la apretó contra su cuerpo para que notara de primera mano lo excitado que estaba. Le palpó la cremallera en la espalda del vestido y se la bajó. Ella contuvo la respiración mientras la acariciaba la columna, bajando cada vez más, hasta llegar a sus diminutas braguitas de encaje.

–¿Podemos ir a tu dormitorio? –preguntó él sin aliento.

–Sí.

Ashley lo agarró de la mano y lo condujo por el pasillo mientras él no dejaba de darle vueltas a todas las cosas que le gustaría hacer. ¿Darse una ducha juntos? Las posibilidades eran tantas y tan excitantes…

En el dormitorio había una cama enorme.

Ella se quitó el vestido. Marcus la contempló embobado, deteniéndose en sus largas piernas, sus generosas caderas, sus exuberantes pechos.

–¿No llevas sujetador? –preguntó él, tocándole la piel con suavidad, observando su reacción mientras le recorría los pezones con los pulgares, sintiendo cómo su propio cuerpo respondía de la misma manera.

–No, con ese vestido, no. No me hace falta –contestó ella, y gimió con suavidad bajo sus caricias–. Tenemos que desnudarte.

Marcus había estado tan hipnotizado por la visión de su cuerpo desnudo que había olvidado que seguía vestido. Se quitó la corbata y se desabotonó la camisa, mirando cómo ella le desabrochaba el cinturón y le quitaba los pantalones. El único pedazo de tela que se interponía entre ellos era su ropa interior.

Ashley posó las manos en su pecho y empezó a recorrérselo con pequeños besos. Era una sensación deliciosa, pensó Marcus. Sin embargo, una voz de alarma sonó dentro de él. De pronto, se fijó en el reloj de la mesilla. Había prometido estar de vuelta antes de medianoche y le quedaba poco tiempo. Joanna le había insistido en que podía llegar más tarde, pero él se sentía culpable.

Lila.

Su conciencia le dijo que era con su hija con quien debía estar y no haciendo el amor con una mujer con la que sabía que no tenía ningún futuro.

Debía parar, se dijo Marcus. Se obligó a respirar hondo. Tenía que poner en orden sus pensamientos. Tenía entre sus brazos a una mujer preciosa a la que había deseado durante meses. Era una mujer apasionada que le hacía sentir como el hombre que había sido en el pasado. Pero ese hombre había cometido muchos errores. Se había pasado cinco años con los ojos cerrados, ignorando lo que había ido mal en su desastroso matrimonio y siguiendo adelante, tratando de hacerlo funcionar a base de fuerza de voluntad.

¿Estaba cometiendo el mismo error de nuevo? ¿Acaso podía convencerse de que tener sexo con Ashley estaba bien solo porque él quería? Era una actitud demasiado egoísta, tanto que le ponía enfermo. Se había jurado no tropezar con la misma piedra nunca más.

–No puedo hacer esto –dijo él, sorprendido por las palabras que salían de su propia boca. La deseaba con toda su alma. Nunca podría olvidar la dulce sensualidad de sus labios. Y era imposible ignorar la ardiente marea que invadía su cuerpo. Pero debía hacerlo.

Aturdida, Ashley posó en él sus enormes ojos, sinceros y genuinos.

–No te entiendo.

–Los dos sabemos hacia dónde va esto y yo no puedo hacerlo. No puedo tener una aventura pasajera. No, con Lila en mi vida. Se trata de alguien mucho más importante que yo mismo.

–No sabía que fuéramos a tener una aventura –repuso ella, cubriéndose los pechos con los brazos.

–No puedo acostarme contigo solo una vez. ¿Qué clase de hombre sería?

–¿Quién ha dicho que solo nos acostemos una vez? ¿Por qué no podemos tomárnoslo con calma? Hace cuatro horas, estaba segura de que me odiabas. Al menos, dame una oportunidad. Tú no eres el único que ha salido escaldado de una relación anterior.

Por todo lo que ella acababa de decir, estaba claro que no funcionaría. Ashley no lo entendía, se dijo él.

–Yo no describiría así la ruptura de mi matrimonio –señaló él. Más que escaldado, había estado a punto de perder la razón. Y todavía estaba por ver qué consecuencias le había dejado a Lila. Agarró los pantalones del suelo y se los puso a toda velocidad, ignorando el agónico deseo que lo invadía–. Yo no puedo ir despacio, Ashley. Aquí hay algo más en juego que nosotros mismos. Tú eres una mujer inteligente, hermosa, triunfadora. Y, en alguna parte, te está esperando el hombre adecuado para ti. Ese no soy yo –negó y se puso la camisa, abotonándosela solo a la mitad.

–Pero todavía nos estamos conociendo. Me gustas, a pesar de la forma en que actúas a veces. Y creo que te gusto, pero estás dando demasiadas cosas por hecho respecto a lo que yo quiero y respecto a lo que no es buena idea.

–No me estoy inventando nada. En nuestra última cita, me contaste que tu novio te dejó porque no querías casarte ni ser madre. Me doy cuenta de que son cosas muy serias, pero esa es mi situación. No hay vuelta de hoja.

–Ni siquiera me dejaste contarte la historia entera esa noche. Me casaría si me encontrara en la situación adecuada. No olvidemos que te has pasado los últimos meses haciendo todo lo posible por darme a entender que me detestas.

Marcus sabía que no se había comportado bien. Aunque había una razón para ello.

–Y está claro que la situación no es adecuada entre nosotros. Nos atraemos pero, por lo demás, somos polos opuestos. Yo soy un hombre serio. Tú, no.

–¿Qué? En toda mi vida, no he hecho otra cosa más que ser seria.

–¿De verdad? ¿Te parece serio dedicarte a un programa de formar parejas mientras le quitas importancia al horrible comportamiento de tu contratista? Tenemos una visión muy diferente de lo que es la seriedad.

En la penumbra del dormitorio, Marcus pudo adivinar lo mucho que le herían sus palabras. No le gustaba hacer daño a una mujer. Sin embargo, tal vez, era para mejor. Así, le resultaría más fácil mantenerse alejado de ella.

–Bien –dijo Ashley, cubriéndose con el vestido–. ¿Sabes qué? Tienes razón. No hacemos buena pareja. Vete.

–De acuerdo.

–Sí, por una vez, estamos de acuerdo.

Capítulo Cuatro

Ashley dejó el bolso sobre la mesa, dándole vueltas a lo que había pasado la noche anterior. Por primera vez, había presenciado un momento de debilidad en Marcus. Y estaba todo plasmado en la docena de revistas del corazón que tenía sobre la mesa.

Su beso abría todas las portadas, con titulares tan ingeniosos como «El beso que se escuchó en todo el mundo». Si la prensa supiera cuál era la verdadera historia... Con el estómago encogido, se dijo que debería estar recordando el beso con ternura, saboreando la novedad del momento, el instante en que se había atrevido a pensar que Marcus no la creía ridícula.

Se sentó en la silla y comenzó a leer las revistas. No solo mencionaban el beso, sino que recalcaban que la pareja se había ido temprano de la fiesta, justo después de que las cosas hubieran subido de temperatura en la pista de baile. Genial. El mundo entero debía de estar imaginando lo que no había pasado en realidad la noche anterior, se dijo.

Eran poco más de las nueve de la mañana y estaba agotada. Pero no se permitió cerrar los ojos. Había aprendido la lección cuando Marcus la había dejado plantada y desnuda en su dormitorio. Todas las caricias y besos que habían compartido le resultaban surrealistas, teniendo en cuenta su desastrosa primera cita y las incontables quejas sobre la obra que había recibido después.

Ver una foto de cómo había empezado todo la noche anterior no arreglaba las cosas. Ashley tocó con el dedo la imagen, admirando la varonil figura de él, la forma en que encajaba a la perfección entre sus brazos. Le parecía que había sido un sueño. Y que había tenido un final muy triste. ¿De verdad el apuesto británico de la flor y nata de su país había besado a la chica de un pueblucho perdido en Carolina del Sur? ¿O no había hecho más que aprovecharse de la presentadora del programa de moda para promocionar su empresa? ¿Por eso le había puesto fin cuando se había dado cuenta de que había llegado más lejos de lo que había pretendido?

Ashley había visto tantas caras de Marcus la noche anterior que le resultaba difícil hacerse una imagen coherente de él. No había duda de que tenía una faceta apasionada y cálida, pero se había construido una maldita fortaleza alrededor. ¿Lo había hecho para superar su divorcio? Era la respuesta más razonable, aunque ella no confiaba mucho en su propia lógica. Por lógica, un hombre con una impresionante erección no dudaba en tomar a la mujer que tenía desnuda entre los brazos.

O bien la consideraba una mujer sumamente desagradable o bien había algo mucho más grande que lo apartaba de ella.

–¿Se puede? –dijo Grace, asomando la cabeza en el despacho de Ashley–. Vaya noche, ¿eh? ¡Y vaya beso! –exclamó, arqueando las cejas.

Ashley debería haberse preparado para ese tipo de comentarios.

–Por favor, no te metas más conmigo. Me pediste que le diéramos a la prensa algo de romance. Y he hecho lo que querías.

–Nunca me metería contigo. ¿Bromeas? Los directivos de la cadena te adoran más que nunca. Las cifras de audiencia del primer episodio que se emite esta noche van a ser arrolladoras. La cadena se va a forrar con la publicidad. Hay mucho dinero en juego, ya sabes.

Dinero. Eso era lo único que estaba claro. Iban a acribillarla a preguntas sobre Marcus durante días. O semanas. Conocía bien a la prensa del corazón. Lo que habían publicado esa mañana sobre el beso no había sido más que el principio.

–Me alegro de que estén contentos. Espero que le ayude a Marcus en su negocio y me deje terminar mi obra en paz –comentó ella, bajando la vista de nuevo a la foto del beso. Cielos, era un hombre muy sexy. Y solo de mirarlo el dolor del rechazo la invadía, mezclado con una extraña excitación ante su atractivo. Eran dos sentimientos que no combinaban bien.

–Espera un momento. ¿Vuestra conexión de anoche no fue el comienzo de un gran amor? Porque te juro que lo parecía.

–Digamos que la conexión falló un poco –contestó Ashley con un delator temblor en la voz.

Grace se inclinó hacia ella.

–¿Estás bien? ¿Quieres contarme qué pasó?

Ashley negó con la cabeza.

–Casi ni quiero acordarme. Me alegro de que todo saliera bien para los negocios, pero voy a tardar bastante en recuperarme. Ser rechazada por Marcus Chambers no es divertido.

–¿Te rechazó?

–¿Tan difícil es de creer? Sabes lo que siente hacia mí. Lo de anoche fue la gota que colmó el vaso. Ahora mismo, lo único que quiero es terminar la obra de mi casa y evitarlo hasta el día en que regrese a Inglaterra.

–¿Y cuándo será eso?

Ashley se aclaró la garganta.

–Creo que tiene una visa de trabajo para cinco meses.

–Ashley, esto es una tontería. Estoy segura de que, pasara lo que pasara anoche, fue un malentendido.

–Nada de eso. El tema está cerrado. Es hora de sacar todo el provecho que podamos de lo sucedido y olvidarlo.

–Ah, sí. Eso era lo que había venido a decirte. Los jefazos quieren más de ti y de Marcus. Quieren más de esto –señaló Grace, apuntando con el dedo una de las revistas.

Eso era justo lo Ashley menos necesitaba oír. Marcus y ella necesitaban mantenerse alejados. Era mejor no molestar a los perros rabiosos, sobre todo, a los que no dudaban en rechazar a una mujer después de haberle quitado el vestido.

–Vas a tener que decirles que no. Marcus me odia.

–No van a creerme. Ese beso fue demasiado convincente –aseguró Grace, levantando una revista en la mano–. Miraos. Yo haría lo que fuera para que un hombre me besara así, sobre todo, si supiera el aspecto que tiene sin ese traje.

–¿Qué te pasa con sus abdominales? ¿Es que no puedes olvidarte de eso? –replicó Ashley. No podía seguir mirando esas fotos. Le dolía demasiado. Tomó la pila de revistas y la dejó sobre el regazo de su amiga–. Marcus Chambers y yo hemos terminado. Fin de la historia.

–No quería tener que decirte esto, pero a los jefes no les gustó que te fueras tan pronto de la fiesta. Si no hubiera sido por ese espectacular beso en todas las portadas, tendrías serios problemas.

–Oh, por favor, yo… –comenzó a decir Ashley. Solo había querido estar a solas con él, esa era la verdad, pero no pensaba admitirlo–. Me fui porque me dolía la cabeza.

–Mentirosa. Vi tu expresión cuando os fuisteis de la pista de baile –replicó Grace, recostándose en la silla–. ¿Y si te dijera que mi trabajo depende de esto?

–No te pueden despedir por esto. No se lo permitiré.

–Hablo de un ascenso. Están pensando en nombrarme directora de publicidad. Becky Jensen se va a primeros de junio.

–¿Directora de publicidad? ¿De toda la cadena?

Grace asintió.

–Toda, todita.

Grace provenía de un entorno humilde, igual que Ashley, y siempre se habían ayudado entre ellas. Vivía en un diminuto apartamento con su hermana y estaba hasta las cejas de deudas para pagar sus estudios. Un ascenso como ese sería su salvación, y se lo merecía. Era un mujer trabajadora y eficiente.

Una sofocante sensación de culpa aplastó a Ashley. ¿Cómo podía negarse a ayudar a su amiga?

–No sé cómo le puedo convencer para que acepte.

Grace cruzó las piernas y se enredó un dedo en sus rizos morenos con expresión hondamente pensativa.

–Los dos tenéis que comer, ¿no? Sal a cenar con él. Recuérdale lo bueno que sería para Ginebras Chambers.

Ashley suspiró y se dejó caer en la silla. Lograr que saliera con ella a cenar le parecía una misión imposible.

–¿Y si no quiere cenar?

–Seguro que lo convences. Mientras, dejemos que el mundo entero se pregunte qué hacéis los dos en el mismo edificio. Vivís uno enfrente del otro. La cercanía es la mejor tentación.

Teniendo en cuenta su insoportable frustración sexual, Ashley no podía negarlo. Aunque sabía que Marcus no lo veía de la misma manera.

–Bien. Se lo preguntaré. Pero no te prometo nada.

Grace se levantó con la pila de revistas apretada contra el pecho. Sonrió, victoriosa.

–¿Dónde vas a ver el estreno esta noche? ¿Quieres venir a mi casa?

Ashley negó con la cabeza.

–¿Bromeas? Lo último que quiero es verme en la tele.

Marcus no podía soportar ver su foto en las revistas. Sin embargo, no podía evitar hacerlo. Había besado a Ashley. La había tocado. Y todo su mundo se había puesto bocabajo, justo como había temido.

Entró en el despacho de su hermana, que acababa de colgar el teléfono. Tenía que hablar con ella. Los dos llevaban todo el día trabajando sin parar. El beso que había compartido con Ashley había sido como una bomba de buena suerte para su empresa. Un millar de pedidos y consultas los había desbordado durante toda la mañana.

–Era papá –dijo Joanna–. No lo había oído tan emocionado desde hacía muchos años.

Al parecer, las noticias de ese beso habían llegado, incluso, al otro lado del Atlántico.

–¿Más pedidos?

–Están por las nubes. Y no solo piden Chambers No. 9, se han triplicado los pedidos de la ginebra original. Y todo en un día. Hemos tenido que incrementar la producción en Inglaterra y me parece que vamos a tener que hacer lo mismo en Estados Unidos.

Tenía que hablar con el director de producción sobre forzar demasiado las nuevas destilerías, se dijo Marcus. La fábrica no había sido probada todavía a pleno rendimiento.

–Papá me ha preguntado si vamos a hacer alguna foto publicitaria que vincule *Tu media naranja* con Chambers.

Marcus se imaginó una figura de cartón en tamaño natural en la que Ashley sujetaba una botella de Chambers. Seguro que Joanna quería poner una en la recepción. Como si no fuera lo bastante difícil vivir enfrente de Ashley, tendría que pasar ante su foto cada día. Además, esa no era la imagen de Ginebras Chambers que su familia había estado cultivando más de un siglo. Si no le ponía freno, se saldría de control.

–No vamos a hacer nada de eso. Lo de anoche no se volverá a repetir. No hay ningún vínculo entre Chambers y *Tu media naranja.*

Una sonrisa le iluminó el rostro a Joanna. Levantó en la mano una de las dichosas revistas.

–Siempre podemos reproducir esta foto. Deja claro que el vínculo entre Chambers y *Tu media naranja* no puede ser más estrecho.

Una incómoda sensación de excitación y vergüenza se apoderó de él.

–El beso fue una farsa solo para las cámaras. Nada más. No volverá a pasar –dijo Marcus. Aunque sabía que era mentira. Las cámaras no habían sido más que una excusa. No habían tenido nada que ver con cómo la había besado en su casa, con cómo la había desnudado. Al recordarlo, se sentía embriagado. Y, al pensar en la expresión de pánico de ella cuando la había rechazado, sentía el dolor de la resaca. No había vuelta de hoja. Debía mantenerse alejado de Ashley. Cuando estaba con ella, no se comportaba de forma prudente.

–No nos adelantemos a los acontecimientos. Lo de anoche fue genial. Y, al fin, has besado a alguien –comentó Joanna con una risita.

–Por favor, Joanna, te lo ruego. Soy un hombre adulto. ¿Podemos dejar de hablar como si fuéramos adolescentes? Lo de anoche no se repetirá, y eso es todo. Fin de la discusión.

Joanna torció la boca.

–Ah, sí. Respecto a eso…

–¿Qué?

–Papá quiere que salgas con Ashley de nuevo.

–¿Te ha dicho eso? ¿Te lo ha dicho de esa manera?

Ella asintió.

–Y yo estoy de acuerdo con él. Deberías invitarla a cenar y darle las gracias por lo de anoche. Es bueno para el negocio, y no olvides que fue idea tuya el lanzamiento en Estados Unidos –observó Joanna, y posó la mano en la pila de pedidos que tenía sobre la mesa–. Creo que el hecho de que hayas conocido a Ashley y pudieras salir con ella ha sido maravilloso. No puedes negar que es lo mejor que nos ha pasado desde que aterrizamos en Nueva York. Si juegas bien tus cartas, podría ser lo mejor que te haya pasado en tu vida personal, también.

–¿Qué quieres decir?

Joanna cerró el portátil y se cruzó de brazos.

–Es un encanto, Marcus. Y, aunque no la conozco en persona, me parece que es una buena mujer.

–Sé adónde quieres ir a parar. Y no sigas. Conoces mi situación, Jo. La conoces mejor que nadie.

–¿Cuál es tu situación, Marcus? Trabajas horas interminables para superarte cada día y, luego, te vas a casa a leerle un cuento a Lila. Te pasas los fines de semana llevándola al parque. Hay miles de mujeres solteras en Manhattan. Decenas de miles. Una de ellas podría ser una maravillosa esposa y madre, pero nunca la encontrarás si no la buscas.

–He buscado –se defendió él, cruzándose de brazos–. He salido con tres mujeres en seis meses, desde que llegamos. A mí me parece un número respetable.

–Ashley incluida. Y con ninguna de ellas fuiste más allá de la primera cita.

–Ninguna me pareció bien. No tiene sentido que pierda el tiempo con una mujer que no es adecuada. Y sabes que no es fácil para mí. Me niego a presentarle a Lila a ninguna mujer hasta que no vaya en serio con ella. Y, seamos sinceros, ninguna quiere una bebé incluida en el paquete.

A Marcus se le encogió el corazón a pronunciar aquellas palabras. Su dulce y querida Lila era la cosa más preciosa del mundo. Seguía sin poder entender por qué Elle la había abandonado. Aunque él había visto en su mirada que su exmujer había estado igualmente horrorizada por su propia falta de instinto maternal. No había querido ser madre, nunca había sido su deseo. Había sido él quien la había convencido. Había creído que eso salvaría su matrimonio. Pero había sido al revés. Elle no había sido capaz de seguir adelante. No había podido seguir fingiendo. Solo había querido ser libre y volar lejos de Inglaterra, lejos de las expectativas con que sus padres la habían cargado desde niña. Solo había querido desaparecer.

–Sé que estás interesado en Ashley. Ese beso resultó muy convincente.

–Es guapa, eso no puedo negarlo. Pero no puedo cometer dos veces el mismo error. Necesito a una persona prudente, sólida, en quien confiar. Ashley no es ninguna de esas cosas.

–Por favor, prométeme que nunca pondrás un anuncio en internet pidiendo una mujer de esas características. Acabarías consiguiendo casarte con un muermo

–opinó Joanna y se sentó a su lado, tocándole el brazo con suavidad–. Marcus. Quiero que seas feliz. Te lo mereces más que nadie. Por favor, invita a cenar a Ashley. Dale las gracias por lo mucho que ha ayudado a nuestro negocio. Tampoco es tanto lo que te pido.

Por su tono de voz, Marcus adivinó que su hermana lo compadecía. Era algo que él odiaba. En parte, quería invitar a salir a Ashley, intentarlo de nuevo. O, al menos, disculparse por la noche anterior. Por otra parte, sabía que era inútil pasar tiempo con una mujer con la que no tenía ningún futuro.

Aunque también era muy posible que Ashley se negara a salir de él. Lo más lógico sería que lo odiara, después de lo de la pasada noche.

–Seguro que me dice que no.

–No lo sabrás hasta que se lo preguntes.

Marcus recordó la expresión de Ashley cuando la había dejado plantada.

–No, seguro que dirá que no.

Capítulo Cinco

Ashley salió del ascensor y se paró en seco. Normalmente, se dirigía a la derecha, a su piso. El de Marcus estaba en el lado opuesto. Le había prometido a Grace que lo haría. Si iba a invitarlo a cenar, lo mejor sería hacerlo en persona. Caminó hasta la puerta de Marcus y alargó el cuello, tratando de escuchar si había ruido dentro. Había un silencio pétreo, por supuesto. A ese hombre le gustaba la vida calmada y silenciosa. Levantó la mano para llamar, pero se detuvo. Eran más de las siete. Igual no era buen momento. Lila podía estar acostada. O en el baño. O igual era la hora del cuento. Aunque ella no sabía nada de Lila y sus rutinas, pues Marcus nunca le hablaba de su hija.

Entonces, cuando se iba a dar la vuelta, se le cayó el bolso de las manos y, con él, el termo de metal que usaba para llevar el café. El cacharro hizo un ruido horrible al estrellarse contra el suelo. A toda prisa, lo recogió y se fue a la puerta de su casa. Cuando iba a meter la llave en la cerradura, oyó la voz de él a su espalda.

–¿Ashley?

A ella se le puso el corazón en la garganta. El color se le subió a las mejillas.

–He oído un ruido.

–Marcus. Qué casualidad –dijo ella, y, cuando se dio media vuelta, tuvo que contener la respiración al verlo. Su imponente presencia no hacía más que despertar las heridas de la otra noche.

–¿Te lo parece? A mí no. Vivimos uno enfrente de otro.

Ashley menó la cabeza, tratando de poner en orden sus pensamientos, que se empeñaban en revivir el beso que habían compartido. Ansiaba repetirlo. Solo para comprobar que no era tan mágico como lo recordaba. Un beso normal y corriente, y tendría fuerzas para dejar de pensar en Marcus Chambers a todas horas.

–Ha sido un día muy largo, Marcus.

Él se metió las manos en los bolsillos. Tenía la camisa remangada hasta los codos, lo que solo sirvió para atormentar a Ashley con la visión de sus musculosos brazos.

–Ah, ya. Lo siento. Creo que no te di las gracias como es debido por lo de anoche. Eso es todo –dijo él, y cerró los ojos un momento.

«¿Darme las gracias por qué? ¿Por la fiesta? ¿O por haberme desnudado para luego decirme que no soy adecuada para ti?», se preguntó ella, conteniéndose para no decir las palabras en voz alta. Era mejor dejar para otro día la invitación a cenar, pensó.

–De nada.

–De acuerdo –dijo él, y apretó los labios. Pues buenas noches.

–Buenas noches –repuso ella. «Bastardo», pensó.

Sin esperar más, Ashley entró en su casa y se apoyó contra la puerta.

Se dirigió a su dormitorio, sintiéndose como si entrara en la escena del crimen. Se quitó los zapatos, la falda y la blusa y se puso los pantalones de chándal y una camiseta. Por fin, algo de comodidad.

El estómago le rugió. No era de extrañar, pues solo se había tomado una barra de cereales a las dos de la tarde. Había tenido un día difícil y ocupado, como siempre. Tenía ganas de echar los frenos, de descansar al menos unos días, pero no podía pararse el tren de *Tu media naranja*. No, cuando la cadena estaba estudiando su propuesta para un nuevo programa, *Primera cita en el aire*, un *reality show* en el que las parejas tenían su primer encuentro a bordo de un vuelto transoceánico. No, cuando una web de citas *on line* le había ofrecido un sustancio contrato publicitario. Tenía que aprovechar el momento. La buena suerte no duraría para siempre. Y no podía decepcionar a su familia. Ni a Grace. Así que debía encontrar una forma de invitar a Marcus a cenar.

Se comió unas sobras frías. La obra de la cocina iba bien. Ya tenía unos bonitos armarios blancos a medida y una encimera de cuarzo gris. Pero aún había cables saliendo de la pared. Poco a poco, todo se arreglaría. Marcus ya no se había vuelto a quejar de los ruidos. Al menos, eso era bueno.

Solo faltaban dos minutos para el estreno de la nueva temporada de su programa.

El teléfono se iluminó. Era un mensaje de Marcus. A Ashley se le aceleró el corazón a toda velocidad.

«¿Estás despierta?».

Ella frunció ceño. ¿Qué diablos podía querer?

«Son las ocho. No me acuesto tan pronto».

«¿Podemos hablar?».

Ashley miró el móvil con desconfianza. No tenía ninguna gana de que él le hiciera más daño.

«¿De qué?».

«De una invitación».

¿Una invitación a qué? ¿A darme otra paliza emocional? ¿A abofetear su orgullo de nuevo?, dudó ella.

«¿Y bien?», preguntó él.

«Sí», llámame.

El teléfono de Ashley sonó segundos después.

–Hola –repuso ella con una voz demasiado sensual y cálida de la que se arrepintió al instante. Con eso, solo empeoraría las cosas.

–Sé que debes de estar preparándote para ver tu programa. No voy a entretenerte mucho.

–¿Acaso tú vas a ver mi programa?

–No veo la televisión por la noche.

–Ah. Debí imaginarlo –dijo ella, incómoda–. Pues yo tampoco voy a verlo. No puedo soportar verme. Ni escucharme. No aguanto mi voz.

–¿Por qué no te gusta tu voz? A mí me gusta la mía.

–Claro. Era de esperar. Pero un acento sureño es mucho menos agradable que un acento británico. No es una comparación justo.

Ashley oyó la sintonía de apertura de *Tu media naranja* al otro lado de la línea. Marcus tenía la televisión encendida.

–Estás viendo mi programa. Lo oigo desde aquí –señaló ella. ¿Estaría sentado en el salón, tal vez, acompañado de la niñera? ¿O se había quedado solo? ¿Estaría acostado en la cama, con el pijama? ¿O tal vez solo con calzoncillos?

–Ahora tengo la televisión puesta. Entiendo por qué no te gusta tu voz.

Ella se incorporó en la cama e hizo lo impensable. Agarró el mando y encendió el aparato. Se encogió al verse en la pantalla.

–¿Qué quieres decir?

–No se parece a tu voz real. A mí me gusta tu voz en persona. En la tele, suena diferente, no parece real.

Ashley se recostó en las almohadas. La voz de él sí que le gustaba. Era capaz de derretirla.

–Bueno, es solo un programa de televisión. Las parejas son reales, pero todo lo demás es decorado, falso. Ese ni siquiera es mi despacho de verdad.

–¿Ah, no?

–No. El mío no tiene buena luz y es demasiado pequeño para meter dentro a todo el equipo de cámaras.

–Interesante. Aunque no me sorprende. Estos *reality shows* son todos una farsa. Supongo que por eso nunca me han llamado la atención. Mi ama de llaves y la niñera, sin embargo, lo ven todo el rato.

–¿Qué quieres, Marcus?

–Ah. Sí. Te he llamado yo.

–Eso es.

«Vamos, suéltalo», se dijo Marcus. Ella podía decir que no, con lo cual les tendría que comunicar a su padre y a su hermana que tenían que buscar otra táctica para dar publicidad a su ginebra. O podía aceptar, con lo que se pasaría toda la velada tratando de ignorar la atracción que sentía, sacrificándose para complacer a su padre. Se aclaró la garganta.

–Quiero darte las gracias por haberme llevado a la fiesta. Nos ha dado un buen empujón para el negocio, algo que no podía haber llegado en mejor momento.

–Entonces, ¿mi estúpido programa te ha servido de algo?

Él contuvo un gruñido.

–Mira, lo siento si parece que no me tomo en serio tu trabajo. Está claro que mucha gente sí lo hace y me alegro por ello.

–Cuidado, Marcus. Me estás ofendiendo –advirtió ella–. Algún día te mostraré lo muy en serio que me tomo mi trabajo.

Marcus la observó en la pantalla, una toma de Ashley caminando entre el público hasta llegar a lo que se suponía que era su despacho. Su versión televisiva era bonita, pero no tenía nada que ver con la verdadera Ashley que vivía al otro lado del pasillo, en un piso igual al suyo. Si lo pensaba bien, era muy probable que sus dormitorios estuvieran pared con pared. Preso de una excitación involuntaria, estuvo tentado de preguntarle qué llevaba puesto, aunque prefería imaginársela con un chándal y una camiseta amplia. Eso hacía más fácil la conversación. Sin embargo, su mente no dejaba de visualizarla con unas mallas ajustadas y una diminuta blusa con el ombligo al aire.

–Lo siento, Ashley. ¿Cuántas veces tengo que decirlo?

–No lo sé. Me gusta cómo suena. Te avisaré cuando tengas que parar.

Se merecía esa respuesta, admitió él para sus adentros.

–Lo siento, ¿de acuerdo?

–De acuerdo.

–Te llamaba para algo más, aparte de para disculparme. Quería preguntarte si te gustaría comprobar qué más beneficios podemos sacar de que nos vean juntos una vez más.

–¿De verdad? –preguntó ella, sin poder ocultar un tono esperanzado.

–Sí. ¿Por qué lo dices así?

Ella suspiró.

–Porque mis jefes quieren que nos vean juntos otra vez. Se suponía que yo tenía que proponerte lo mismo, pero estaba muerta de miedo.

–¿Es por eso por lo que estabas parada en el pasillo hace un rato?

–Quizá…

Marcus sonrió. Al menos, estaban los dos en igualdad de condiciones.

–Entonces, ¿aceptas?

–Creo que deberíamos salir a cenar, sí. Pero te haré unas cuantas preguntas en el restaurante y debes prometerme que me responderás.

–En el curso de una conversación normal, espero.

–No te prometo nada. Solo te digo que, si salimos a cenar, quiero hablar sin cortapisas. Creo que me lo debes después de lo de anoche.

Vaya, se dijo Marcus. ¿Qué podía ella preguntarle? Seguro que podía enfrentarse a ello, se animó a sí mismo. A cambio, ayudaría a su familia y a Ginebras Chambers. Lo único que debía hacer era comer con una mujer a la que deseaba demasiado, sin perder de vista que no hacían buena pareja.

–Bien. Aceptaré someterme a la inquisición. ¿A las ocho, mañana?

–De acuerdo. ¿Pides un coche o lo pido yo?

–Yo conduciré.

–¿Ah, sí? ¿Tienes coche? ¿En la ciudad?

–Ya me has oído, Ashley. Conduciré yo.

–Estás loco. Lo sabes, ¿verdad?

Marcus recorría las calles de Manhattan como si estuviera en una pista de carreras.

–Creo que no conozco a nadie que tenga coche propio en esta ciudad. Si lo tienen, lo usan para viajar, no para ir a cenar.

Él hizo otra peligrosa maniobra, cortándole el paso a un autobús. Ashley estaba asustada y, al mismo tiempo, excitada.

–Pero no estoy loco. A mí me parece más arriesgado meterme en un coche ajeno y dejar que un extraño lleve el volante. Al menos, así, yo soy quien lleva el control.

Los fotógrafos los estaban esperando en la puerta del restaurante. Grace se había encargado de contar a los cuatro vientos que Ashley y Marcus harían su segunda aparición en público.

–Cuídalo mucho –advirtió Marcus, y le entregó un billete al guardacoches cuando hubo salido del coche.

–Dadnos un beso –gritó uno de los fotógrafos.

–Sí, un beso –gritó otro.

Enseguida, todos los reporteros estaban pidiendo lo mismo, ansiosos por sacar otra foto tan explosiva como la que habían publicado de la fiesta.

Marcus la miró y le tomó la mano. Ella parecía perpleja, indecisa. Podía besarla. Y ella podía responderle con una bofetada, pensó él.

–Tú decides –dijo Marcus.

Decidir. Ashley estaba demasiado dividida entre lo que todo el mundo quería de ella y lo que ella misma quería, demostrarle a Marcus que no era perfecta, pero tampoco era la mujer equivocada.

Por desgracia, su cuerpo sabía muy bien cómo actuar. Se le sonrojaron las mejillas ante las insistentes súplicas de los fotógrafos y, sobre todo, ante la penetrante mirada de Marcus. Ansiaba besarlo. Incluso él parecía desearlo también.

Tenía que ponerlo a prueba. Debía averiguar qué estaba pensando, caviló ella.

–Creo que deberíamos hacer lo que tú quieras.

–Igual es mejor esperar –le susurró él al oído–. No podemos dárselo todo desde el principio, ¿verdad?

Su respuesta excitó aún más a Ashley, a pesar de que la había decepcionado.

–Bien. Hagámosles esperar.

Dentro del restaurante, todos los ojos estaban clavados en ellos. Ashley debería estar acostumbrada, pero se sentía incómoda de todas maneras, aunque llevaba ya tres años siendo el centro de las miradas allá donde iba. Se recordó que lo hacía por Grace y por la cadena de televisión, aunque eso no la consoló mucho. La última vez que había intentado complacerlos, lo había hecho muy bien, pero había hipotecado su corazón a una situación destructiva.

Los llevaron a su mesa, en el centro del comedor.

Genial. Sería como comer en una pecera, pensó Ashley.

–¿No tienes una mesa en una esquina? –preguntó ella a la camarera.

–Algo más romántico, claro –repuso la camarera, se volvió y los guio a un lugar más íntimo y tranquilo.

Ashley se sentó con el corazón encogido ante la mesa con una vela encendida. Consultó el menú, mientras se reprendía a sí misma. ¿Cómo había podido ser tan estúpida? Marcus debía de creer que estaba buscando una cena romántica, cuando eso era lo último que ella quería.

–¿Qué te gusta para comer? –preguntó ella, tratando de hablar de algo neutral.

–Las chuletas –dijo él con una media sonrisa.

La camarera llegó y les dio un respiro mientras tomaba sus pedidos. Por desgracia, se marchó enseguida.

–Mira, Ashley, siento lo de la otra noche –dijo él, colocando su servilleta, evitando el contacto visual–. Las cosas fueron demasiado lejos. Es todo lo que puedo decir. Creo que fue mejor pararlo antes de que cruzáramos los límites.

–Qué caballeroso –dijo ella, intentando ocultar su frustración.

–Es la única manera en que se puede estar con una mujer.

De pronto, Ashley se llenó de curiosidad por la vida amorosa de su acompañante, por la clase de mujeres con las que solía salir.

–Ya que has dejado claro que no hacemos buena pareja, quiero saber lo que buscas en una mujer. Creo que me lo debes, después de lo de anoche.

Él asintió con solemnidad y respiró hondo, pensativo.

–No soy el mismo ahora que cuando era joven. Lila me ha cambiado. Necesito a una mujer que quiera ser esposa y madre.

–¿Nada más?

–Claro que hay más cosas, pero no es fácil definirlas. Solo sé que quiero, al menos, eso. No ha sido fácil. Es delicado no poder dejar que nadie entre en mi vida hasta estar seguro de que es la persona adecuada.

–Pero me dejaste entrar en tu vida a mí. ¿Crees que fue buena idea?

Marcus le dio un trago a su bebida y clavó en ella su intensa mirada.

–Tú irrumpiste en mi vida como un tornado, que es diferente.

A ella se le encogió el estómago. ¿La veía como un toro en una tienda de porcelana? Se sentía un desastre.

Entonces, por el rabillo del ojo, vio que una mujer se acercaba a la mesa. Tenía en la mano un papel y un bolígrafo.

–Creo que alguien viene a pedir un autógrafo –le susurró ella a su acompañante.

–¿Ah, sí? –replicó él, mirando hacia atrás.

–Ashley, soy tu mayor admiradora –dijo la mujer, temblando mientras se acercaba.

Por la expresión de Marcus, era obvio que la situación le resultaba embarazosa. Al notarlo, Ashley tuvo ganas de invitar a la mujer a sentarse a su mesa.

–¿Cómo te llamas? –preguntó Ashley, e hizo un gesto señalando la silla a su lado para que sentara.

–Michelle. ¿Puede firmarme un autógrafo?

Ashley tomó el pedazo de papel, le escribió algo a Michelle, deseándole una vida llena de amor verdadero, y se lo firmó.

–Espero que te guste. Ha sido un placer conocerte, Michelle.

La mujer empezó a llorar al ver lo que Ashley le había escrito.

–Mi novio me ha dejado. No sé por qué. Pensaba que él era mi media naranja, pero supongo que me equivoqué.

Marcus hizo una mueca burlona, pero Ashley le lanzó una severa mirada de advertencia. Esa mujer estaba sufriendo tanto que podía percibir su dolor. Se sacó del bolso un pañuelo y se lo tendió a su admiradora.

–A veces, tenemos que salir con parejas inadecuadas para aprender a buscar a la persona ideal.

Michelle asintió, limpiándose las lágrimas.

–Ahora me parece que no hay esperanza. Ni siquiera sé qué hacer. Camino todo el día por la ciudad como una zombi y tengo que ir a trabajar y sonreír y fingir que no siento dolor. Lo odio.

–Señoras, discúlpenme –dijo Marcus, levantándose.

Ashley lo vio alejarse. Estaba claramente molesto. Pero a ella no le importaba. Pensó en los meses que había pasado después de su ruptura con James. La había hecho sentir tan importante al principio, tan indispensable… Con la misma facilidad, la había despreciado, con la excusa de que no había estado lista para el matrimonio. Ni para tener hijos. No le había importado que se hubiera sentido sobrepasada por la situación, ni que no hubiera estado preparada para un compromiso tan grande. E, igual que Michelle, durante meses había actuado como una zombi, forzándose a sonreír en el trabajo mientras había tenido el corazón hecho pedazos.

Sin dudarlo, se sacó una tarjeta de visita del bolso y se la tendió.

–Te diré qué vamos a hacer. Quiero que entres en la página web del programa y rellenes tus datos y una solicitud para participar en *Tu media naranja*.

A Michelle se le volvieron a inundar los ojos de lágrimas.

–He oído que es casi imposible participar.

Ashley sonrió. Esos eran sus momentos preferidos, cuando tenía la oportunidad real de ayudar a alguien.

–Ahí entro yo en juego. Envíame un correo electrónico cuando lo hayas hecho y yo haré que los productores den prioridad a tu solicitud. No te prometo nada, pero haremos todo lo posible para encontrar a la pareja perfecta para ti. Si está en nuestra base de datos, lo encontraré.

–Es usted muy amable conmigo. No sé qué decir.

–¿Sabes qué, Michelle? Te ayudo porque sé muy bien cómo te sientes.

Marcus esperó a que el agua del grifo saliera caliente mientras observaba su reflejo en el espejo. ¿Por qué estaba tan molesto? ¿Por qué le incomodaba tanto la interrupción de esa mujer?

Por suerte, la mujer se había ido cuando él volvió a la mesa. Los primeros habían llegado. Tomó la servilleta de la silla y se sentó.

–Bueno, ha sido interesante –comentó él.

–¿El qué? –preguntó ella, y se metió el tenedor lleno de pasta en la boca.

Un espagueti le asomó por labios y ella lo absorbió, bajo la atenta mirada de su acompañante. ¿Por qué tenía que resultarle tan sexy?, se dijo él, molesto consigo mismo y excitado a la vez.

–La interrupción de nuestra cena.

–Han sido solo unos minutos, Marcus. Tampoco pasa nada.

–No entiendo cómo lo aguantas.

–Estaba llorando. ¿Qué querías que hiciera? –repuso ella y le inclinó hacia delante para bajar el tono de voz–. ¿Querías que le dijera que esfumara porque estoy cenando con mi falso novio?

–No me llames así.

–Oh, lo siento. Quería decir mi vecino aguafiestas –puntualizó ella.

–No sugiero que la echaras, pero tampoco creo que tengas que dejar que todo el mundo te cuente su vida. Me parece excesivo.

–Necesitaba que alguien la escuchara. Acudió a mí y no podía darle la espalda. Esto es lo que yo hago, Marcus, aconsejo a la gente. Les ayudo a encontrar el amor verdadero. Les ayudo a entender las cosas que les impiden ser felices con una pareja.

Marcus se quedó con un palmo de narices. Le había puesto en su lugar.

–Te tomas esto en serio cuando no estás tras las cámaras, ¿verdad?

Ella abrió mucho los ojos.

–No entiendes que estoy muy bien cualificada para hacer este trabajo, ¿a que no? ¿Ni siquiera has buscado información sobre mí o mi currículum en internet?

–No soy cotilla. Y no es asunto mío.

Ella meneó la cabeza y siguió con su plato de pasta.

–Soy psicóloga profesional, especializada en terapia de pareja. He sido psicóloga clínica durante años, antes de que surgiera la oportunidad de hacer este programa para la televisión. Me he pasado largas horas escuchando a las personas contarme lo desgraciadas que son, sobre todo, con su vida amorosa.

–¿Cómo diablos acabaste haciendo un programa de televisión? Debes de tener buenos contactos.

Ashley suspiró con exasperación.

–Fue un accidente. Tenía dos pacientes que estaba segura de que eran perfectos el uno para otro. Así que lo arreglé para que conocieran por accidente en mi sala de espera.

–Eso no me suena muy ético.

–Igual no lo es, pero ¿sabes qué? Están casados, con dos hijos, y son muy felices, así que no me arrepiento de lo que hice. La primera pareja que junté fue cuando tenía trece años. Mi mejor amiga, Elizabeth, y un chico llamado Sam. Eran la pareja perfecta, pero se odiaban. La maestra nos eligió a Sam y a mí para que la ayudáramos después de clase, pero yo fingí estar enferma y Elizabeth fue en mi lugar. Al día siguiente, ya estaban saliendo.

–No me digas que están casados y con dos hijos.

–No, pero fueron el primer amor el uno del otro. Y terminaron como amigos, así que no lo hice tan mal. Ese fue el comienzo y, cuando me di cuenta de que se me daba bien hacer de celestina, seguí haciéndolo.

–¿Así es como tu cara ha terminado estampada en los carteles publicitarios de los autobuses de medio Manhattan?

–Sabía que mi paciente tenía una productora especializada en *reality shows,* pero nunca imaginé que me propondría protagonizar un programa piloto. Nunca había soñado con hacer eso.

–¿Tu sueño era ayudar a tus pacientes a enamorarse?

–Sí. Me dolía pensar en que muchas personas hechas para estar juntas podían no encontrarse nunca.

Marcus tragó saliva. Se había equivocado al juzgarla. Ashley se tomaba en serio su trabajo. Y sus objetivos eran muy nobles. Eso no se podía cuestionar.

–A veces, las personas parecen hacer buena pareja, pero puede acabar siendo al contrario.

–Seguro que hablas de tu exmujer.

Él se quedó mudo.

–Recuerda, he buscado información sobre ti –señaló ella, y le dio un trago a copa de vino–. Dime. ¿Qué pasó?

Marcus miró a su alrededor, quizá, buscando alguna interrupción que pudiera salvarlo de esa conversación.

–Es una larga historia. Seguro que no quieres escucharla.

–Ya te he dicho que iba a hacerte preguntas esta noche. Esa es la primera.

–Digamos que creíamos que estábamos bien juntos, pero nos equivocamos.

–¿Y? ¿Qué más? Eso no es una larga historia.

–Nos conocimos el verano después de que me graduara en la universidad. Una de las cosas que me atrajo de Elle fue que parecía necesitarme. Nunca me había pasado antes y me gustaba. Ella tenía muchas ganas de casarse y se aferró a mí. Solo después de la boda, me di cuenta de que lo único que había buscado había sido escapar de su familia, en especial, de su padre.

–¿Su padre la maltrataba de alguna manera?

–No, pero sus padres eran muy controladores. Nunca los conocí bien, porque ella quería mantenerlos a distancia. Si te soy sincero, siempre fueron muy formales conmigo, así que no pude hacerme una idea en profundidad sobre ellos. Sin embargo, en cuanto hubo salido de su casa, estar conmigo tampoco la hizo feliz. Me di cuenta de que se sentía atada con mucha facilidad. Todo lo que se esperaba de ella le molestaba.

–Y lo pagó contigo.

Durante un momento, todo a su alrededor pareció detenerse. Marcus recordó la noche en que Elle y él habían discutido y ella se había ido. Esa había sido siempre su inclinación, irse.

–Sí.

–Cuando la gente se libera de una cosa, suele encontrar otra cosa de la que intentar liberarse. Se convierte en un patrón difícil de romper, porque no saben cómo funcionar de otra manera.

Él casi se atragantó con lo que seguía a continuación… Era la parte más dolorosa, lo que le había hecho comprender que su matrimonio no había podido continuar.

–Pensé que tener un bebé nos ayudaría. Yo quería tener una familia y creí que el amor era lo que hacía que la gente se quedara donde estaba. Si Elle no me amaba a mí, al menos, amaría al bebé, pensé.

–Pero solo empeoró las cosas.

–Así es –admitió él, y se terminó su copa–. Ella odiaba ser madre. Creo que quiere a Lila en el fondo, pero no está hecha para ser madre. Cuando se marchó, así me lo hizo saber. No quería estar ni conmigo, ni con Lila.

Ashley asintió, toda su atención puesta en él. Le tomó de las manos por encima de la mesa.

–Marcus, lo siento mucho. De verdad. Debiste de pasarlo muy mal.

Ella le acarició los nudillos con el pulgar, logrando que una marea de sentimientos encontrados le invadiera.

–Sabes, no siempre podemos predecir cómo van a salir las cosas. Está claro que fue un capítulo muy doloroso de tu vida pero, al menos, te trajo a Lila.

Marcus afiló la mirada.

–Elle me ha arruinado la vida. Nos ha avergonzado a mi familia y a mí. Y ha dejado a Lila sin madre.

–Y te rompió el corazón.

–Esa concesión no estoy dispuesto a hacerla. No le daré esa satisfacción –repuso él. Aunque la verdad era que Elle había hecho mucho más que romperle el corazón. Había quebrado su fe en el amor.

–¿Sabes? Creo que eres tan serio y tan obcecado porque te sientes herido. No estoy segura de que te hayas trabajado todo lo que te pasó con tu exmujer. Contienes demasiado dolor. Lo veo en tus ojos. Tienes que aprender a superarlo o te comerá vivo. Incluso, te sentaría bien ir a terapia. Necesitas empezar a hablar de tus sentimientos.

Marcus apretó los labios. Entre Joanna y Ashley lo presionaban de todas partes para que se enfrentara a sus propios sentimientos.

–No quiero menospreciar el dolor que has sufrido, pero Lila estaba destinada a ser tu hija y necesitaba llegar al mundo de alguna manera. No olvides la parte buena de todo esto.

Él respiró hondo, mirando lo que quedaban de su gin tonic. Sí, era verdad que Lila había sido un regalo. Ella era su razón para vivir.

–Deberíamos irnos. Le dije a la niñera que estaría de vuelta a las once.

Marcus le sujetó la puerta mientras salían del restaurante. Los fotógrafos estaban esperándolos.

–¿Qué tal lo habéis pasado, parejita? ¿Podéis ofrecernos ese beso ahora? Llevamos horas esperándoos.

Marcus seguía un poco aturdido por la conversación que había tenido sobre Elle. En parte, pensaba que Ashley tenía razón. Pero, también, le molestaba que hubiera resumido sus sentimientos de forma tan sencilla. No era tan fácil como ella decía.

Ashley le tomó de la mano y le habló al oído.

–Están esperando. Deberíamos acabar con esto de una vez.

–Eh –gritó uno de los fotógrafos–. Soy de *El correo de las celebridades.* Maryann Powell piensa que lo vuestro es una farsa.

Antes de que Marcus tuviera tiempo de enfrentarse al fotógrafo, Ashley lo rodeó con sus brazos, se puso de puntillas y lo besó. Al instante, el cuerpo de él respondió. La rodeó de la cintura y le sujetó el rostro con la otra mano, ladeándole la cabeza. La besó sin piedad, igualando su impetuosidad, su pasión.

Cuando sus bocas se separaron, Ashley estaba sin aliento.

–Toma farsa.

Los fotógrafos estaban todos sonriendo, felices con el material que habían sacado. El guardacoches aparcó el Aston Martin de Marcus junto a la acera.

«Tengo que dejar de besar a esta mujer», se dijo Marcus, embelesado, mientras caminaban juntos hasta el coche.

Capítulo Seis

Los miércoles por la noche Marcus siempre tenía cena familiar con Joanna en su casa. Lila adoraba a su tía Joanna y a él le gustaba pasar tiempo con su hermana fuera de las oficinas de Ginebras Chambers. Las ventas habían aumentado exponencialmente después de su segunda aparición pública con Ashley hacía días, cuando había volcado toda su frustración en aquel beso. Él no estaba seguro de qué le estresaba más, preparar la fiesta de presentación de su destilería para la prensa u ordenar sus sentimientos hacia Ashley.

–No me gusta hablar de esto ahora, pero necesitamos repasar los últimos detalles para la fiesta de presentación del sábado. Solo quedan unos días –señaló él. Estaba emocionado por cómo iban las cosas. Todos los periodistas de la ciudad le habían pedido estar presentes, sobre todo, después de que su hubieran publicado las fotos de sus dos besos.

–Tú preocúpate de la entrevista con Oscar Pruitt –repuso Joanna–. Yo me ocuparé del resto.

–Papá lleva años esperando ver publicada una reseña sobre Ginebras Chambers en International Spirits desde hace años. No sé si puedo estar más preocupado de lo que estoy.

–Por favor, Marcus. Dejemos el trabajo para mañana –dijo Joanna. Dándole las manos a Lila, la ayudó a caminar por la cocina–. No puedo creer lo mayor que está mi sobrina.

Su pequeña estaba a punto de empezar a caminar sola. Iba todo muy rápido. Debía darse prisa en encontrarle una madre a Lila, se dijo Marcus. Solo tenía que dejar atrás su fijación por Ashley.

Sacó del horno un pastel de carne que Martha, el ama de llaves, había preparado siguiendo las instrucciones exactas de su madre.

–¿No te huele a quemado? –dijo Joanna.

–Tus bromas sobre mi forma de cocinar no me afectan –repuso él con una sonrisa–. Esto no lo he hecho yo.

–No, lo digo en serio. Huele a humo –aseguró Joanna, tomando a la niña en brazos.

Marcus se apartó del horno. Entonces, también percibió el olor. Entró en pánico.

–¿Viene del pasillo?

Salió corriendo hacia la puerta y la tocó. No estaba caliente. Ni entraba humo por debajo. Aun así, el olor era cada vez más fuerte.

–Agarra la bolsa de pañales de Lila y tu bolso –gritó él, y abrió la puerta despacio. En el pasillo no había nada raro, a excepción del olor. Miró a la puerta de Ashley y se volvió de inmediato hacia su hermana–. Saca a Lila de aquí. Ve por la escalera. Es más seguro –ordenó y, al tocarse el bolsillo, se dio cuenta de que se había dejado el móvil en el dormitorio–. Llama a los bomberos de camino. Vete ya.

Marcus besó a Lila en la mejilla.

–Todo va a ir bien, cariño. Vete con la tía Jo.

Joanna abrió mucho los ojos, asustada.

–Marcus, tú vienes también.

–Idos. Ahora. Lo digo en serio. Tengo que asegurarme de que Ashley no esté en casa.

Joanna se fue corriendo a la escalera con la niña.

Marcus empezó a aporrear la puerta de Ashley.

–Por favor, no estés en casa –murmuró él–. No estés en casa –repitió.

¿Por qué no funcionaba la alarma de incendios? Tendría que hacerla sonar él mismo. Abrió la caja roja y tiró de la palanca. Agarró el extintor y volvió junto a la puerta. Nadie respondía al otro lado. El sonido de la alarma era ensordecedor, pero sabía que los bomberos tardarían al menos media hora en llegar. Tocó el picaporte con las puntas de los dedos. Tomó impulso y le dio una patada a la puerta con todas sus fuerzas. Solo logró hacerse daño en la pierna. La puerta no cedió. Pateó de nuevo. Una y otra vez. Al fin, la puerta se abrió. Todo estaba lleno de humo dentro, pero no era tan denso como para impedir la visión. Se sacó un pañuelo del bolsillo y se lo puso sobre la boca, se agachó y entró.

–¡Ashley!

El humo provenía de la cocina. Entró y vio las llamas. Apuntó hacia ellas con el extintor y las extinguió. Después de echar un vistazo rápido en todas las habitaciones, corrió a su casa, agarró su móvil y se dirigió a la escalera. Llamó a Joanna mientras bajaba a toda velocidad.

–¿Estáis fuera Lila y tú?

–Sí. Estamos en un taxi ahora mismo. ¿Qué ha pasado?

–El fuego está apagado. Si hubiéramos esperado unos minutos, se habría salido de control.

–Oh, cielos, Marcus. Sal de allí. Toma un taxi y vente a pasar la noche a mi casa.

–No. Quédate con Lila. Me sentiré mucho mejor si sé que está a salvo contigo hasta que los bomberos vengan a comprobar que todo está bien. Tengo que llamar a Ashley y contarle lo que ha pasado –repuso él.

Joanna se despidió de él mientras Marcus entraba en el vestíbulo, donde se habían congregado los vecinos. Se apartó un poco de la multitud. Se llevó el teléfono a la oreja, tapándose la otra con un dedo.

«Por favor, responde… por favor, responde…».

–Espero que no me llames para quejarte por las obras. Hoy he tenido un día realmente malo.

Su voz le provocó a Marcus un inmenso alivio.

–Siento tener que decirte esto, Ashley, pero ha habido un incendio.

Ashley paró un taxi llena de pánico.

«Todo va a ir bien. Todo va a ir bien», se repitió.

Aunque tenía la vista puesta en la ventanilla, no veía las calles de la ciudad. Solo recordaba imágenes de su casa familiar en llamas, cuando ella tenía diez años. Todo había desaparecido en una sola noche. La pérdida había sido enorme en muchos sentidos. Su familia no había empezado a superarlo hasta que Ashley había empezado a hacer dinero a lo grande con su programa de televisión. Entonces, había sido capaz de pagar las deudas de sus padres, comprarles una casa nueva, darles a sus hermanos algo de dinero extra. El incendio había provocado más de una década de penurias. Y, sobre todo, ella. Había tenido que hacerse adulta de la noche a la mañana. No tenían seguro. Habían dependido de la generosidad de los vecinos para ayudarles.

Una vez más, en el presente, su vida se tambaleaba. Cuando llegó a su casa, la escena tenía una extraña mezcla de calma y agitación. Tres de los cuatro bomberos entraban y salían de la puerta de su casa. El olor a humo era más fuerte con cada paso que daba hacia su piso, hasta que empezó a picarle la nariz y tuvo que detenerse en seco. No quería enfrentarse a lo que le esperaba al otro lado de la puerta.

Marcus salió de su casa.

–Estás aquí –dijo él con tono grave.

–¿Tú oliste el humo? ¿Así es como lo encontraste? –preguntó ella, quebrándosele la voz.

Marcus le dio un gran abrazo. Ashley tuvo que hacer un esfuerzo para no derrumbarse entre sus brazos.

No tenía ninguna red de apoyo en su vida. Se pasaba los días andando en la cuerda floja, tratando de que todo saliera bien. Era agradable saber que alguien podía hacerle sentir que no estaba sola. Nunca había esperado que esa persona pudiera ser Marcus.

–Joanna olió el humo. Estaba en mi casa para cenar. Le dije que se fuera con Lila. Obviamente, quería que no corrieran peligro.

A Ashley se le saltaron las lágrimas. Peligro. Su casa había sido el origen de ese peligro.

–Podrías haber salido herido. O la pequeña Lila. Marcus, lo siento mucho. Gracias a Dios que estabas aquí y que actuaste tan rápido. Gracias por hacerlo. Nunca voy a poder agradecértelo bastante.

Él le dio una palmada en la espalda y la abrazó de nuevo, recordándole que estaba a salvo.

–El jefe de la brigada de bomberos llegará enseguida. Creo que no puedes entrar en tu casa todavía. Han cortado la electricidad. Dicen que el fuego se debió a un cortocircuito.

Un hombre con uniforme de bombero y una insignia que tenía aspecto de ser importante salió de la casa de Ashley.

–La reconocería en cualquier parte, señorita George. Soy el sargento Williams. Encantado de conocerla. Mi mujer es admiradora suya.

–Oh, qué amable –respondió Ashley, paralizada.

–En algún momento, quiero pedirle un autógrafo, pero, antes, hablemos del incendio. Se originó en uno de los electrodomésticos de la cocina. Creo que el cableado está defectuoso –informó el sargento, y le mostró una foto en móvil.

Marcus estaba detrás de ella, enterándose de todo.

Tras un rápido vistazo a la escena, Ashley cerró los ojos. Su cocina con horno de última generación y armarios hechos a medida parecía territorio catastrófico. La encimera estaba negra como el carbón.

–El electricista estuvo trabajando en la cocina el otro día –murmuró ella con el estómago en un puño.

–Sí, bueno, tenemos que hablar con su contratista respecto a eso. Hemos cortado la electricidad en la casa. No queremos arriesgarnos a otro incendio. Volveré por la mañana con la unidad de inspección. No tardaremos más que unos días. Luego, podrá contratar a un equipo para que limpie. Hasta entonces, no puede vivir aquí. Puede recoger algunos artículos que necesite mientras los bomberos están dentro. ¿Tiene a alguien con quien pueda quedarse?

Grace era su mejor amiga, pero vivía con su hermana en un apartamento diminuto. No podía ser.

–Me iré a un hotel.

Marcus se aclaró la garganta, pero no dijo nada. A Ashley no le ofendió que no le ofreciera su casa, aunque le hubiera gustado. Aunque, quizá era mejor que estuvieran alejados el uno del otro. Ella no necesitaba que más sentimientos confusos empeoraran la maraña que le atenazaba el corazón en ese momento.

–Además, señora George, debe saber que su sistema antiincendios falló y sospechamos que alguien lo había manipulado. Si los obreros que han estado trabajando aquí lo han tocado para poder fumar, no tendré más remedio que denunciarlos. Habrá una investigación. Podrían perder su licencia. Es una violación de las normas de seguridad muy seria.

–No lo entiendo. Tenían una larga lista de espera. Tienen fama de trabajar muy bien.

El sargento se encogió de hombros.

–Estas cosas pasan de vez en cuando, hasta con los mejores contratistas. Un trabajador mete la pata y el resto tiene que pagarlo.

–Nadie más puede haberlo hecho. Son las únicas personas que han estado trabajando en mi casa –dijo Ashley. Marcus tenía razón. Había terminado con una cuadrilla de idiotas haciéndole la reforma. Ella no había querido verlo, de lo ansiosa que había estado por verlo todo terminado, a cualquier precio–. Supongo que es hora de buscar un nuevo contratista.

El bombero asintió.

–Podrá volver dentro de una semana más o menos. No vamos a precintar su casa para siempre. Tiene suerte de que el señor Chambers actuara tan rápido. Habría sido mucho peor para su piso y para todo el edificio. Por otra parte, yo diría que ha tenido buena suerte. No tendrá que vivir con un peligro agazapado en su sistema eléctrico. El cortocircuito podría haber ocurrido en cualquier momento, mientras hubiera estado dormida, mientras sus vecinos hubieran estado dormidos…

El peso de la culpa le resultó a Ashley insoportable. Era un alivio que nadie hubiera salido herido. Los ojos se le llenaron de lágrimas.

–Bien –le dijo Ashley a Marcus, después de haberse despedido del sargento–. Ahora puedes regañarme por lo mucho que he metido la pata. Sé que es verdad –añadió, y se quedó esperando su reprimenda o, al menos, que él le dedicara una de sus severas miradas de desaprobación.

–No tengo que decir nada. Está bastante claro.

–Lo siento, Marcus. No sé qué más puedo decir.

–Puedes decir que te quedarás conmigo –ofreció él–. Si quieres.

Ella afiló la mirada.

–¿De verdad?

–Sí. Puedes quedarte en mi casa. Así, estarás cerca cuando vengan los inspectores y estarás a mano si se presenta el contratista. Y todas tus cosas están aquí. Me parece lo más razonable.

–Creí que no querías que Lila conviviera con mujeres.

–Lila está bien en casa de mi hermana. Puede quedarse allí unos días. No voy a arriesgarme a traerla a casa hasta que los bomberos hayan terminado la inspección. Puedo ir a verla antes o después del trabajo. Allí estará bien.

Ashley se quedó pensativa un momento. Había sido ella quien los había puesto a todos en peligro. Y era la causante de que Marcus quisiera mantener a su preciosa hija alejada.

–¿Y bien? ¿Aceptas mi invitación? Estoy demasiado cansado como para convencerte, así que decide tú misma.

–Sí. Gracias. Te lo agradezco –respondió Ashley, y se volvió hacia su puerta–. Creo que no quiero entrar –confesó con voz temblorosa. Temía lo que se podía encontrar.

–¿Por qué no te acomodas en mi cuarto de invitados? Seguro que podemos encontrarte algo de ropa para dormir.

–¿Algún viejo saco de patatas que tengas por ahí guardado?

–Algo así.

Se dirigieron a casa de Marcus. Esa era la primera vez que él le dejaba entrar. Había sido muy claro: no llevaba mujeres a casa, a excepción de la niñera y el ama de llaves. Aunque, en ese momento, tampoco había nada que proteger, pues la pequeña Lila no estaba.

Los muebles eran masculinos y espartanos. En una esquina, había una enorme cesta rebosante de juguetes, un oasis lúdico en aquella habitación tan seria y sofisticada. Ella lo siguió por el pasillo, hasta el cuarto de invitados.

–Espero que te guste.

El dormitorio tenía una refinada decoración en tonos blanco y crema, caramelo y café con leche.

–Es perfecto, gracias –dijo ella, y respiró hondo. Tenía mucho que hacer. Debía hablar con el seguro y con los bomberos, hacer que lo limpiaran todo. Y tenía que enfrentarse a su contratista. Lo despediría al día siguiente. Luego, debía pensar a quién podía recurrir para que terminara la reforma.

–Voy a buscarte algo para que te cambies –comentó él–. Ahora vuelvo.

–Genial –dijo ella, y se sentó en la cama, exhausta de intentar poner en orden sus sentimientos. El incendio había sido una pesadilla, pero había terminado en el santuario privado de Marcus, un sitio en el que había creído que nunca la permitiría entrar. Era difícil no sentirse fascinada por él, no albergar un ápice de esperanza respecto a su relación.

Enseguida, él reapareció en la puerta con un pijama azul de hombre entre las manos.

–Yo.. no sé que sueles ponerte para dormir. Espero que esto te sirva.

Ashley sonrió ante su pudorosa cautela, pues sabía

que, cuando las luces estaban apagadas, Marcus era todo pasión. Todavía lamentaba la noche inacabada que habían pasado juntos. Si, al menos, hubiera podido hacer el amor con él, habría desvelado otra pieza del sensual y complicado puzle que era Marcus Chambers.

–¿Esto es lo que te pones tú para dormir? –preguntó ella, arqueando las cejas.

–Solo los pantalones –contestó él–. No puedo soportar llevar camiseta en la cama.

Una oleada de calor y frustración invadió a Ashley. Él acababa de darle la información perfecta para construirse una nueva fantasía que no podría sacarse de la cabeza con facilidad. Sobre todo, cuando sabía que lo iba a tener al otro lado de la pared, en la habitación vecina. Durante toda la noche.

–Te dejo sola –dijo él–. Imagino que querrás llamar a tu familia.

Su familia. Ashley no quería ni pensarlo. Su madre estaría aterrorizada. Su padre no llevaría la noticia mucho mejor. Y necesitaba evitar el estrés a toda costa.

–Los llamaré mañana.

–¿Estás segura? No sé lo que yo habría hecho sin mi familia la noche en que Elle se fue –confesó él–. Ellos me han ayudado mucho. De verdad creo que te sentirás mejor si hablas con ellos.

Allí estaba, otra pieza del puzle, pensó Ashley. Él no temía admitir que había necesitado ayuda y apoyo durante su divorcio. Era humano, después de todo.

–Sí. Tienes razón. Prometo que los llamaré a primera hora de la mañana. Les voy a dejar descansar tranquilos esta noche.

***

Marcus le había deseado buenas noches a Ashley. Sin embargo, él no había podido pegar ojo. Sus sentimientos hacia ella lo llenaban de confusión. La adrenalina que le había despertado el incidente del fuego, el hecho de que echaba de menos a Lila y el imaginarse a Ashley con su pijama no le habían dejado dormir.

Sí, Ashley era culpable de la situación que había puesto en peligro a Lila, a su hermana y a todo el edificio. Él le había dicho miles de veces que el contratista era un hombre irresponsable y de poco fiar, pero no había querido escucharlo. Pero sabía que ella nunca lo habría contratado si hubiera sabido lo que iba a pasar.

Marcus se levantó de la cama y se dio una ducha. Irse pronto a la oficina era la mejor manera de lidiar con lo que ella le hacía sentir. Cuando le había dado el pijama, había tenido que hacer un esfuerzo titánico para no tomarla entre sus brazos, besarla, admitir que había entrado en pánico la noche de la fiesta y pedirle una segunda oportunidad. Había ansiado hacerle el amor y dejar tanta charla, tanto forcejeo verbal entre los dos.

Desde la cocina, le llegó ruido a cacharros y armarios abriéndose y cerrándose. Era mejor acostumbrarse a su nueva compañera de piso, en vez de huir de la situación, se dijo él. Sin embargo, cuando salió al pasillo, no estaba preparado para la visión que lo sorprendió. Ashley estaba de puntillas, con nada más que la camisa de su pijama, buscando en los armarios de la cocina.

Marcus tosió. Todavía tenía noventa minutos antes de tener que estar en la oficina. Podían hacer muchas cosas en ese tiempo.

–Buenos días.

Ella se giró. Tenía el pelo revuelto. No tenía una gota de maquillaje y seguía estando preciosa.

–Ah, ya estás despierto. ¿Hay café?

–Lo siento. Solo tengo té.

Ashley frunció el ceño y arrugó la barbilla, lo que le daba un aspecto sorprendentemente infantil.

–Me tomas el pelo. ¿Cómo voy a funcionar sin café?

Marcus pasó delante de ella y abrió el armario donde guardaba las bolsas de té. Dejó una de las cajas en el mostrador y llenó la tetera de agua.

–El té inglés tiene mucha cafeína.

–Espera un momento –dijo ella cuando él encendió el fuego–. Sé que bebes café. Te he visto entrar en tu casa con una taza de café para llevar.

–Lo bebo. Pero no lo hago. No lo sé hacer –confesó él y le tendió una taza a su invitada, que estaba descalza, apoyada en la encimera. Sus piernas eran más tentadoras todavía que la noche de la fiesta–. Bueno, ¿qué plan tienes para hoy? –preguntó, y se miró el reloj para pensar en otra cosa.

Entonces, cuando ella se cruzó de brazos, se le abrió el espacio entre los botones de la camisa del pijama, dejando entrever la curva de sus senos.

–Tengo mil cosas que hacer. Ya he hablado con el seguro. Me van a mandar un inspector por la tarde. He hablado con el jefe de bomberos y me ha dicho que uno de sus hombres está ya en mi piso. Puedo ir a por mis cosas cuando quiera. Sobra decir que hoy no iré a trabajar. Necesito un respiro.

–¿Quieres que te acompañe a tu piso a por tus cosas? Sé que anoche no estabas preparada para entrar, pero no puedes pasarte todo el día en pijama.

Si lo hiciera, también se vería obligado a tomarse el día libre, pensó él.

–No, gracias. El sargento Williams estará aquí dentro de una hora. Lo esperaré e iré con él.

Genial. Iba a dejarla sola con un apuesto bombero.

–Bien, entonces… Supongo que me voy a la oficina ya. Martha, el ama de llaves, llegará dentro de un rato para limpiar y preparar la cena.

Ashley miró a su teléfono, reticente. No le gustaba cargar a su madre con nada, sobre todo, con malas noticias. De hecho, se había propuesto darle solo buenas noticias. Por eso, siempre llamaba para contarle cosas como que habían renovado su contrato para la nueva temporada del programa o que enviaría más dinero. Pero, teniendo en cuenta que la historia del incendio había salido en la prensa, no le quedaba más remedio que llamar.

Su madre respondió enseguida.

–Hola, mi niña.

–Hola, mamá.

–Son casi las nueve y media. No sueles llamarme nunca desde el trabajo.

La dulce y cálida voz de su madre hizo que se le saltaran las lágrimas, pero se las tragó antes de seguir hablando. Debía ser fuerte, igual que lo había sido con Marcus la noche anterior. No quería sobrecargar a su madre innecesariamente.

–No estoy en la oficina. Me he tomado el día libre.

–¿Qué ha pasado? Nunca faltas al trabajo.

Su madre adivinó que algo iba mal porque su hija adicta al trabajo no estaba en la oficina.

–Ha pasado algo, pero de verdad que no quiero que te preocupes –señaló ella, paralizada ante la perspectiva de tener que decir la palabra fuego.

–¿Te ha pasado algo con ese vecino tuyo? Pensé que estabais saliendo.

Maldición. Ashley no había contado con que su madre supiera eso.

–¿Lo has visto en la prensa?

–Uno de tus hermanos me mandó un enlace de internet. Pensé que me llamarías para contármelo cuando estuvieras preparada.

–No estamos saliendo, en realidad. Es complicado –repuso ella–. Nos estamos ayudando el uno al otro en tema de negocios. E intentamos ser amigos, pero discutimos mucho. A él no le gusta mi obra. Si te soy sincera, no tengo ni idea de qué hay entre nosotros.

–Estás divagando, cariño. Y todavía no me has contado por qué me has llamado.

Ashley respiró hondo.

–Hubo un incendio en mi casa.

–Oh, no –murmuró su madre, aterrorizada–. ¿Estás bien? No te ha pasado nada, ¿verdad?

–Estoy bien. De verdad. Mi vecino Marcus fue quien descubrió el incendio. Lo apagó y todo eso, antes de que llegaran los bomberos.

–Por favor, dime que no estabas en casa.

–No. Estaba en el trabajo.

Su madre exhaló con fuerza.

–Nunca había estado tan agradecida por ese insensato trabajo que tienes como ahora. ¿Estarás bien? ¿Quieres venir unos días a casa? Te haré la comida, podrás levantarte tarde y tendremos nuestras charlas de chicas.

Ashley sonrió. Solo unos minutos de hablar con su madre le habían servido para sentirse mucho menos estresada.

–Me encantaría hacer eso, pero tengo que quedarme para ocuparme de los bomberos y del seguro. Y tengo que buscar a otro contratista.

–De acuerdo, tesoro. Sé que estás ocupada. Solo quiero que sepas que aquí estamos. Siempre que nos necesites. Estoy segura de que te has asustado mucho, teniendo en cuenta lo que pasó cuando eras niña, pero debes reconocer que no hay bien que por mal no venga.

–¿Qué tuvo de bueno el incendio? Fue malo se mire como se mire.

–Si lo piensas bien, no es así. Tu padre dejó de fumar. Si no, en una década o dos lo hubiéramos perdido por su frágil corazón. Además, tu padre y yo estábamos pasando un mal momento por esa época. Llevar la granja era duro y estaba creando un abismo entre nosotros.

–¿Ah, sí? –preguntó Ashley, sorprendida–. Nunca me lo habías contado.

–Solo tenías diez años. Y era algo entre tu padre y yo. Algunas cosas deben quedarse en la pareja. Nadie más tiene por qué saberlas. Pero el incendio nos acercó. Nos dimos cuenta de lo mucho que nos necesitábamos. Eso hizo que los problemas económicos que siguieron nos resultaran mucho más fáciles de sobrellevar.

–Esa época fue muy dura.

–Fue durísima, sí. Pero tu padre me ayudó a superarla. Eso es lo que hace el amor, cariño. Hace que las cosas malas sean tolerables. Deberías saberlo mejor que nadie. En tu trabajo, te dedicas a encontrar el amor verdadero a muchas personas.

–Pero no soy capaz de encontrarlo para mí misma.

–Bueno, bueno. Cuéntame cuál es tu situación con Marcus.

Si supiera lo larga que podía ser la respuesta…

–No hay ninguna situación. Me gustó mucho al principio, pero luego pensé que yo no le gustaba.

–¿Y ahora?

–Ahora, no sé que pensar. Tiene una vida muy complicada. No estoy segura de estar preparada para eso. Atravesó un divorcio muy doloroso y está intentando criar solo a su hija pequeña. Empiezo a entender por qué me pareció un antipático. Es muy introvertido. Se cierra a todo.

–Igual que tú.

Durante un momento, Ashley no estaba segura de haber oído bien.

–¿Qué? Yo no hago eso. Tú me conoces. Hablo de todo.

–Quizá, en lo relativo a otras personas. Pero te cierras cuando no te gusta lo que ves. Lo has hecho desde niña. Si pasaba algo mal, tú lo ignorabas. Siempre se te dio mejor ayudar a los demás que ayudarte a ti misma.

Ashley se acordó de cuando Marcus le había leído la mano en la limusina. Ella no creía en esas cosas, pero él le había dicho casi lo mismo que su madre. Cielos, los dos tenían razón. Había cerrado los ojos para no ver el mal comportamiento de su contratista. Había cerrado los ojos ante el incendio, tratando de mostrarse fuerte con Marcus y no derrumbarse delante de él. Había cerrado los ojos a las razones por las que James se había ido. ¿Por qué no estaba lista para un compromiso real? ¿Y para tener hijos?

–Mamá, ¿puedo hacerte una pregunta?

–¿Crees que soy demasiado desastrosa como para ser una buena esposa o una buena madre?

Su madre rio.

–¿No te acabo de decir que se te da mejor ayudar a los demás que a ti misma? Ese es el primer requisito para ser buena madre y esposa. Y tú no eres un desastre. Estás llena de vida. No te dan miedo los retos, ni cargarte nuevas obligaciones, aunque te pesen.

–No me da miedo, siempre que piense que voy a hacerlo bien.

–O si te ayuda a ayudar a alguien.

Ashley no lo había pensado así, pero era cierto. Había aceptado el trabajo en el programa de parejas no porque hubiera estado segura de que iba a hacerlo bien, sino porque había querido aprovechar la oportunidad de ayudar a su familia económicamente.

–Dime, Ashley Ann, ¿a ti te gusta él?

–¿Quién? ¿Marcus?

–Claro, ¿quién si no?

Ashley siempre les decía a sus pacientes que respondieran sin pensar a ese tipo de preguntas. Era hora de hacer lo mismo.

–Sí. Puede ser una incógnita, pero siento que descubro algo nuevo sobre él cada vez que estamos juntos. Y siempre tengo curiosidad por conocerlo mejor. Supongo que eso significa que he picado el anzuelo.

–¿Y tú le gustas?

–No estoy segura, si te soy sincera. Me ha invitado a quedarme en su casa, así que, al menos, no debe de odiarme.

–Me parece que necesitas encontrar cómo llegarle al corazón. Y tú sabes lo que eso significa.

Ashley sonrió.

–¿Eso crees?

–Absolutamente. Necesitas cocinar para él. Esa es la mejor manera de averiguar lo que siente.

Capítulo Siete

Su madre le había dado instrucciones. Debía cocinar para él. Una cena típica de Carolina del Sur. Gambas con sémola, la clase de plato que su madre solía preparar cuando tenían dinero. Para postre, tarta de coco, con seis capas, al estilo de su abuela. Ashley se sabía cada paso de memoria.

Pero, primero, debía pensar en la ropa. La falda ajustada negra que había llevado al trabajo el día anterior estaba bien, pero el olor a humo había impregnado la blusa de seda a juego. Esperaba que a Marcus no le importaba que le tomara prestada una de sus camisas. La llevaría a la lavandería al día siguiente. Además, quería ver cómo era su cuarto. Cuando entró, le sorprendió su masculino esplendor. La cama tenía un cabecero de cuero marrón. El edredón y las almohadas eran blancos y había una manta gris doblada a un lado. La cama todavía estaba revuelta, sin hacer. El ama de llaves se ocuparía de ello.

Sin poder evitarlo, Ashley se sentó en el colchón. Acarició las suaves sábanas. Sabía que no hacía bien, pero le resultaba demasiado tentador sentarse allí, en el sitio donde él había estado durmiendo hacía unas horas. Su pecho desnudo había tocado esas sábanas…

Un bonito baúl de madera antigua hacía las veces de mesilla de noche con una lamparita, un despertador y una foto enmarcada en plata de Lila y su padre. El bebé no debía de tener más de seis meses en la imagen. Los dos estaban sonriendo, sus rostros tocándose, mientras la pequeña agarraba la cara de su padre con sus manos regordetas. Era evidente la adoración mutua que sentían. Seguramente, a veces, Marcus debía de sentirse como si estuviera solo con Lila para enfrentarse al mundo. ¿Sería capaz de hacer sitio en su vida para una mujer? ¿Podría confiar en otra mujer para entregarle no solo su corazón, sino el de su hija?

Ashley se dirigió al armario, donde todo estaba perfectamente ordenado. A él le daría un ataque si viera en qué condiciones estaba su guardarropa, a punto de estallar de vestidos y zapatos. Rebuscó entre las camisas, admiró unas cuantas y, al fin, encontró una de color azul que no parecía vergonzosamente cara. Aunque debía de ser cara, sin duda. Se la puso, se la abotonó y se remangó. Se la metió dentro de la cintura de la falda y se la ajustó para disimular lo grande que le quedaba. Luego, salió al pasillo.

Se oían ruidos en la cocina. Debía de ser el ama de llaves.

Ashley entró y le tendió la mano.

–Hola, soy Ashley. Tú debes de ser Martha.

La mujer abrió los ojos de par en par.

–Eres la de *Tu media naranja.* Veo tu programa todo el rato –dijo Martha, dejó caer el trapo que tenía en las manos y se las llevó a la cabeza–. Hubo un incendio en tu casa. He visto a los bomberos. Lo siento mucho.

Ashley asintió.

–Sí. Por suerte, no ha sido tan malo. Ahora mismo voy para allá. Necesito sacar unas cuantas cosas y ver cómo organizo la limpieza.

–No vas a seguir con los mismos obreros, ¿verdad? Eran horribles.

Ashley suspiró. ¿Cómo había podido ser tan tonta?

–Eso tengo que solucionarlo también. Siento si te molestaron en algo.

Martha tomó el trapo del suelo y lo pasó por el fregadero.

–No me gusta ver al señor Chambers tan disgustado. Trabaja mucho y es un buen jefe. Me dio dos semanas libres y pagadas cuando operaron a mi esposo de la espalda. Incluso encargó que nos enviaran las comidas a casa.

Por alguna razón, a Ashley no le sorprendió en absoluto esa nueva información sobre Marcus.

–Fue muy generoso.

–Es un buen hombre. Y su hija es un ángel. Por supuesto, la protege como un león, pero eso lo hace cualquier padre. Sobre todo, cuando la niña no tiene madre.

Ashley no sabía si alegrarse porque los comentarios de Martha confirmaban lo que pensaba de él y explicaban lo mucho que le gustaba o si preocuparse por si, algún día, lograría estar a la altura de tanta bondad. Era obvio que Marcus tenía buen corazón. Aunque se lo escondiera a la mayoría de la gente.

–Bueno, no tienes que ocuparte de la cena de esta noche. Yo la haré. Quiero darle las gracias a Marcus por todo lo que ha hecho por mí.

Al ama de llaves se le iluminó el rostro.

–Qué amable. Estoy segura de que le encantará.

Ashley recogió ropa, cosas de aseo y varios pares de zapatos de su casa, dándose toda la prisa posible para escapar al insoportable olor a humo. No entró en la cocina. Las fotos habían sido suficiente. Habló con el sargento Williams y con el inspector del seguro en el pasillo, luego, volvió a casa de Marcus y lo echó todo a lavar. Le dejó un mensaje a un nuevo contratista, con la esperanza de que pudiera atenderla. A continuación, se fue de compras y solo tuvo que pararse dos veces, para una foto y para un autógrafo.

Cuando regresó al piso de Marcus, se puso unos vaqueros y una blusa corta y se puso manos a la obra con la tarta. En cuanto su dulce aroma llenó la cocina, los recuerdos la invadieron, llevándola a su hogar familiar, los veranos en Carolina del Sur, las magnolias, el aire fresco del otoño. Le parecía todo tan lejano… En parte, ansiaba volver al pasado, ser la antigua Ashley George, sin cámaras ni fotos publicitarias. Era agradable no tener que pasar escasez, como le había sucedido en su hogar, aunque las penurias económicas habían sido sustituidas por otras peores. Lo que más le inquietaba era el pensamiento de que había conseguido tener dinero y una casa bonita y lujosa, sin embargo, su vida se había vuelto vacía. No tenía a nadie con quien compartirla. Y no sabía si se estaba saboteando a sí misma con sus románticas nociones sobre Marcus, cuando todo apuntaba a que él no quería saber nada de eso. Eran demasiado diferentes. Si tuviera que darse un consejo a sí misma, si fuera la mujer que había estado llorando en el restaurante, se diría que lo más inteligente era olvidarlo. El problema era que, por mucho que lo intentara, le resultaba imposible renunciar a Marcus.

Después de cortar la tarta en capas, la untó de crema y le dio los toques finales, espolvoreando coco con queso por encima. La sémola se estaba cocinando. Las gambas y las verduras estaban preparadas. Cuando Marcus llegara a casa, las echaría a la sartén en el último momento.

Cuando él entró por la puerta, Ashley tuvo un ataque momentáneo de vergüenza. ¿Pensaría que era una tontería? ¿Que la tarta y las gambas estaban de más? ¿Y por qué tenía que estar tan guapo después de un largo día de trabajo?

–¿Qué es todo esto? –preguntó él, recorriendo la cocina con la mirada mientras se aflojaba la corbata.

Ella removió las gambas en la sartén y se volvió.

–Le he dado a Martha la noche libre. He preparado la cena.

–¿Y hay tarta? –dijo él, tocando la crema con el dedo.

–Eh, deja eso. Es para luego.

Marcus sonrió. Cada vez que hacía eso, Ashley se quedaba paralizada y le resultaba imposible recordar nada malo que hubiera pasado entre ellos.

–¿Me das un minuto para cambiarme de ropa? Estoy deseando quitarme el traje.

De inmediato, ella no pudo evitar imaginárselo sin traje. Tragó saliva.

–Claro.

Ashley le había hecho la cena, pensó Marcus. Qué encantadora había sido su imagen en la cocina, después de un largo día de trabajo. Pero no debía engañarse y pensar que eso podía ser algo habitual. Ella era una mujer ocupada con su trabajo. Igual que él. Aunque era una bonita fantasía.

Deprisa, se puso vaqueros y una camiseta del club de remo.

–Huele muy bien –dijo él, acercándose a ella.

–Casi está listo. Solo tengo que terminar las gambas.

–¿Te parece bien que abra una botella de vino? ¿Vino blanco?

Ella asintió, pasándose el dorso de la mano por la frente.

–Sí, perfecto.

Marcus sirvió dos vasos, mientras ella colocaba la comida en dos platos hondos.

–¿Listo? –preguntó él, señalando con la cabeza hacia el comedor.

–Ahora voy. Espérame allí.

La mesa estaba puesta con salvamanteles y servilletas de lino. Por suerte, Ashley los había puesto en un extremo de la mesa, juntos. Incluso había bajado la intensidad de la lámpara de pie para darle un toque más íntimo. Era un escenario obviamente romántico, pensó él. ¿Se debía a pura amabilidad? ¿O acaso ella quería aprovechar la oportunidad de estar a solas? Él ansiaba que así fuera. Quería tener la posibilidad de redimirse o, al menos, comprobar si tenían algún futuro como pareja.

–¿Nada de velas?

–Después de lo de ayer, pensé que sería mejor evitar el fuego –contestó ella, dejó los platos en la mesa y se sentó a su lado.

–Me parece bien –dijo él, riendo con suavidad. Y levantó su copa–. Un brindis para dar las gracias porque todo el mundo esté sano y salvo.

Ella chocó su copa con la de él.

–Gracias a Dios.

Cuando Marcus probó el suculento guiso de gambas con beicon y alcaparras sobre algo cremoso parecido al gofio, dejó escapar una exclamación apreciativa.

–Está delicioso. ¿Qué es esta mezcla del fondo?

–Sémola. ¿Nunca la has probado?

–No. Está bueno.

–Es maíz seco. Si se cocina con bastante mantequilla y queso, es un manjar de dioses. Yo crecí comiendo esto. Además es un alimento muy barato, como siempre decía mi madre.

Marcus la observó, pensativo.

–¿A tu madre le gusta comprar barato?

–Sí. Pero, además, lo hacía por necesidad. Nunca tuvimos mucho dinero y las cosas se pusieron más difíciles después del incendio.

Él arqueó las cejas, confundido.

–¿Un incendio?

Ashley asintió y le dedicó una mirada parecida a la que había tenido la noche anterior… vulnerable, pero fuerte.

–Sí, nuestra casa se quemó cuando yo tenía diez años.

A él se le encogió el corazón al escuchar la historia. Su familia lo había perdido todo. Habían pasado años de estrecheces. Y el accidente en su piso solo había servido para recordárselo. Dejándose llevar por un impulso, le dio la mano por encima de la mesa.

–Lo siento mucho, Ash. No puedo ni imaginarme lo que sentirías anoche.

–Lo de mi piso todavía no lo he digerido del todo. Pero sí, despertó muchos malos recuerdos. No me gusta pensar mucho en ello, si no, me pondré triste. Nadie quiere tener un invitado llorón.

–Puedes estar triste, si quieres. Deberías permitirte procesar tus sentimientos.

–Lo sobrellevaré mucho mejor una vez que haya quedado con mi nuevo contratista el lunes.

–¿Ya estás lista para retomar la obra, tan pronto?

–Tengo que seguir con mi vida –repuso ella, encogiéndose de hombros–. He llamado al hombre que pensé elegir en un principio, pero tenía mucha lista de espera. Resulta que el director de la oficina es un gran admirador del programa. Me han hecho un hueco. Les he enviado un depósito de diez mil euros esta tarde.

–Si hacen bien su trabajo, me parece bien –afirmó él. Entonces, de pronto, comprendió por qué ella se había mostrado tan tozuda con la obra–. No es de extrañar que estés tan apegada a tu casa. Perdiste la de la familia cuando tenías diez años.

Ella bajó la vista a su plato.

–En parte, es por eso. Cuando creces sin nada, sin un lugar propio, das mucho valor a la idea de tener un hogar –comentó ella, y se calló un momento, perdida en sus pensamientos. Luego, lo miró–. Mi piso también significa mucho para mí, porque es la única parte tangible de mi éxito. Todo lo demás es escurridizo como el aire. No es como lo que tú haces. Fabricas ginebra. Eso es algo real. Lo que yo hago, sin embargo, ni siquiera me parece real a mí.

Marcus entendió mejor por qué había sido tan tozuda a la hora de defender la obra de su piso.

–No tenía ni idea. Deberías haberme dicho algo. Sabía que eras de Carolina del Sur, pero imaginé que provendrías de una familia rica con una enorme mansión sureña.

–Ves demasiadas películas –replicó ella con una mueca–. Escarlata O´Hara es un personaje ficticio. Además, vivía en Georgia.

–¿Y qué tal están tus padres ahora? ¿Han mejorado las cosas para ellos?

–Sí. Con mi trabajo, al final puedo ayudarlos económicamente. Mi padre tuvo un infarto hace cuatro años y mi madre se ocupa de cuidarlo a tiempo completo, así que necesitan el dinero.

–¿No tienes hermanos que puedan ayudar?

–Tengo dos hermanos mayores que ayudan lo que pueden, pero ambos trabajan en la construcción y tienen familias. Yo he sido lo bastante afortunada como para tener un empleo que me da más dinero del que necesito.

Marcus se alegraba de que ella no le echara en cara lo mucho que se había equivocado al juzgarla.

–Eres muy buena en tu trabajo, Ashley. Te he visto en acción. No menosprecies tu valor –dijo Marcus. Solo podía pensar en lo valiosa que le resultaba a él. Y en lo mucho que deseaba besarla.

Ella se sonrojó.

–Eres muy amable por decir eso. No me considero nada fuera de lo normal, pero te lo agradezco.

–Lo que me impresiona es cómo consigues hacer todo lo que haces. ¿Cómo puedes hacer tantas cosas? Dedicas casi todo el tiempo a cuidar a las otras personas –observó él y, de pronto, sintió un nudo en la garganta–. Me pregunto quién te cuida a ti.

–Podría preguntarte lo mismo.

–Supongo que sí.

Ashley tomó otro trago de vino.

–Ahora que te he contado la historia de mi vida, creo que es tu turno. Déjame adivinar. Creciste en un castillo, ¿verdad?

Él rio con suavidad.

–Mira quién habla de ver demasiadas películas. Crecí en una casa victoriana en Londres. Tuve una infancia acomodada, es verdad. No había sufrido nunca nada importante hasta que la madre de Lila nos dejó –contó él. Y, para su sorpresa, no sintió la punzada habitual que le atenazaba el pecho al hablar del tema. Era liberador expresar sus sentimientos en voz alta, sin adoptar el papel de víctima.

–No es de extrañar que te afectara tanto. Entiendo que debió de ser una situación bastante traumática.

Ashley tenía un efecto balsámico para él. Era curativo el que alguien lo escuchara de corazón, sin ningún interés oculto.

–La verdad es que lo fue.

Ella dejó su servilleta sobre la mesa.

–Voy a recoger, para que podamos tomar ya la tarta.

–Te ayudo –dijo él, levantándose con su plato–. No quiero retrasar el postre.

Ashley empezó a recoger las ollas y sartenes de la cocina mientras él cargaba el lavavajillas. Nunca limpiar la cocina le había resultado a Marcus tan excitante; podía contemplar a Ashley a su lado. No podía dejar de pensar en cómo ella había aceptado su mano cuando se la había dado por encima de la mesa. Ni podía dejar de darle vueltas a lo mucho que la había subestimado. Y, sobre todo, su mente no dejaba de recordarle cuánto ansiaba besarla.

–¿Ya casi está? –preguntó ella, al regresar del baño, donde había ido un instante.

Marcus le quitó el tapón al fregadero y aclaró la última olla.

–Ya he terminado. Menos mal, se me estaban empezando a arrugar los dedos.

–Déjame ver –dijo ella, fingiendo preocupación. Le tomó de la mano y la observó con atención–. Oh, no tiene muy mal aspecto. Creo que sobrevivirás –añadió, sin soltarle. Le recorrió la línea del corazón con la punta del dedo–. ¿Esta es la línea del amor?

Él sonrió, sobre todo, porque ella se acercó y lo envolvió con su delicioso aroma floral.

–Esa es la línea de la cabeza. La mía dice que pienso rápido. También delata que tomo conclusiones apresuradas. Eso no es bueno.

–Vaya. Creo que conozco esa faceta de tu personalidad –repuso ella, y le volvió a tocar la palma de la mano–. ¿Y esta?

–Es la de la vida. La mía dice que tengo que aprender a relajarme.

–O estás inventándotelo todo o la quiromancia es una ciencia muy exacta –señaló ella, y le tocó la línea que quedaba.

–Esa es la línea del corazón –explicó él, y se apoyó en la encimera, sin retirar la mano, atrayendo a Ashley a su lado con sutileza. Su contacto lo estaba volviendo loco de deseo.

–¿Y qué dice la tuya?

Marcus no quería contarle la verdad acerca de su línea del corazón. Decía que había experimentado una profunda traición personal. No quería seguir hablando de ese tema. Ambos tenían sus cicatrices.

–¿Por qué no me dices tú qué ves en ella?

Ashley levantó la vista hacia él, mordiéndose el labio, mientras el corazón le galopaba en el pecho. Le observó el rostro con atención unos segundos.

–Creo que dice que tienes un corazón grande y generoso.

Marcus la agarró de la cintura con la otra mano, acercándola más. De nuevo, se sentía al borde del precipicio. Pero, en esa ocasión, no saldría corriendo.

–Lo que dice en realidad es que sería un idiota si no besara a la increíble mujer que está en mi cocina.

Ella sonrió y levantó la vista al techo.

–Ese es el truco más viejo del mundo, Chambers.

Marcus entrelazó los dedos en su pelo, preparándose para el beso que estaba a punto de plantar en sus dulces labios.

–Tampoco es tan malo, de todas formas.

***

El beso de Marcus fue como una flecha directa al corazón de Ashley. Ella ladeó la cabeza para poder besarlo mejor y se apretó contra él con tanto ímpetu que él se chocó con uno de los armarios de la cocina.

–Oh, cielos, Marcus, ¿estás bien?

Él entreabrió los ojos como si acabara de despertarse. La tomó en sus brazos y la sentó en la encimera.

–Sí, supongo que me lo merecía por lo ciego que he estado.

Sin perder tiempo, Marcus la besó de nuevo, entrelazando sus lenguas, mientras deslizaba una mano bajo su blusa para desabrocharle el sujetador.

Ella le acarició la espalda por debajo de la camiseta. Tenía unos músculos tan definidos, tan perfectos... que parecían rogar que los tocara. No podía esperar a hacer lo mismo con la parte delantera de su torso.

Echándose hacia atrás un momento, le levantó la camiseta y se la sacó por la cabeza.

–Estás muy sexy solo con vaqueros.

–Recuérdame que me los ponga más a menudo.

Ashley le desabrochó el botón. Necesitaba liberarlo de sus ropas. En parte, estaba ansiosa por hacer el amor con él. Por otro lado, esperaba con todo su corazón que, en esa ocasión, no la detuviera. No podría soportarlo. Le bajó la cremallera.

–Oh, no –dijo él, tragando saliva–. No tengo por qué llevar vaqueros si tú no quieres.

Marcus le quitó la blusa y la tiró al suelo con el resto de las ropas. A continuación, el sujetador.

–Por favor, dime que tienes un preservativo preparado –rogó ella.

–O, si no, ¿qué?

–Tendré que confiscar la tarta.

Él la tomó de la mano y la condujo por el pasillo hacia su dormitorio.

–Menos mal que tengo un paquete entero. Espero poder tener sexo y tarta.

Ella rio mientras entraba en su habitación. Era tan diferente en esa ocasión, sabiendo que él la deseaba. Podía leerlo en su mirada.

Marcus la acarició debajo de los pechos con los pulgares, sin dejar de contemplarla, desnudándola con los ojos. Le quitó los pantalones y las braguitas. Y la llevó a la cama.

Pero Ashley tenía que resolver un pequeño detalle más antes de continuar. Arrodillándose entre las piernas de él, le bajó los calzoncillos. Su erección era magnífica, difícil de abarcar. Lo miró a los ojos.

–La otra noche no me diste la oportunidad de tocarte, Marcus.

–Lo sé.

Ella le recorrió la cara interna del muslo y subió hasta la cadera.

–¿Quieres que te toque ahora?

–Sí. Por favor.

Ashley inclinó la cabeza, bañándole con su aliento cálido.

–¿Te parece bien ahora?

–Me estás torturando, Ash. Por favor, hazlo. Te lo ruego.

Ella no quería que le suplicara. Ese no era su objetivo. Solo quería que fuera una experiencia increíble para él, y sabía que sería más fácil si le hacía esperar. La anticipación convertiría la recompensa en algo más dulce. Con suavidad, lo envolvió con la mano.

Marcus rugió como un oso. Un oso grande y feliz.

–Eso es.

Ashley le acarició el miembro, pasando por la punta, hasta la base, apretando la mano por donde pasaba. Observó cada reacción, tomando nota de las cosas que él quería observar, las cosas que le hacían cerrar los ojos, las cosas que le hacían entreabrir los labios de placer. Le encantaba sentir que tenía el control y saber que podía complacerlo, darle lo que quería.

Marcus se incorporó en la cama y la sostuvo en sus brazos, haciéndola tumbarse boca arriba. Luego, se colocó encima de ella, frotando el muslo entre sus piernas.

–No puedo esperar más. Necesito estar dentro de ti –susurró él, le apartó el pelo de la cara y la besó con ternura.

–Hazme el amor –rogó ella. Era curioso cómo estaba siendo todo tan fácil, al menos, por el momento, pensó.

Él se sentó, abrió el cajón de la mesilla para sacar un preservativo y se lo puso, antes de volver a trepar sobre ella. Ashley le dio la bienvenida entre sus piernas.

Cuando la penetró, Ashley se quedó esperando a que todo a su alrededor se difuminara. Pero estar con Marcus era diferente… nada de ensoñaciones, ni de trances borrosos. No. Envolviéndola en un aura silenciosa de poder, él demandaba su presencia, su participación.

–Mírame, Ash –ordenó él, penetrándola en profundidad, aunque sin prisa–. Dime qué necesitas.

Ella se movió un poco, de forma que su pelvis quedó dispuesta para frotarse con él en el sitio exacto. Levantó las rodillas, ofreciéndole el ángulo perfecto para que la llena por completo. Gimió con suavidad.

–Así, me encanta. Quédate ahí.

Marcus se hundió dentro de ella, al mismo tiempo que la besaba con pasión. Ella le recorrió la espalda y se deleitó en agarrarle los glúteos. Con cada arremetida, estaba más cerca del clímax. Sintió que su interior se tensaba, a punto de explotar en cualquier momento. Su respiración se convirtió en un rítmico jadeo. Igual que la de él.

–Estoy muy cerca –susurró ella.

–Y yo. Eres fantástica, Ash.

Ella sonrió y hundió la cara en los hombros de él, cerró los ojos, mientas sus músculos se contraían más y más fuerte. Se agarró a él con todas sus fuerzas, gritando al llegar al orgasmo. Él la siguió, dejando escapar un grave rugido desde el fondo de sus entrañas.

Todavía dentro de ella, Marcus rodó a un lado, llevándola con él. La besó en la frente una docena de veces.

–Ha sido fabuloso –dijo él–. Siento haberte hecho esperar. Pero espero que mereciera la pena.

Ashley suspiró e inhaló su aroma, su presencia. Había fantaseado con ese momento muchas veces, aunque su imaginación nunca había igualado la realidad.

–Ha merecido la pena más de lo crees.

Ashley se despertó antes que Marcus. Estaba tan guapo dormido que podría haberse quedado mirándolo durante horas. Pero necesitaba un vaso de agua, por eso, se levantó y se fue a la cocina. Tenía el teléfono en la encimera y, dejándose llevar por la costumbre, lo tomó y revisó sus mensajes. De inmediato, uno de Grace llamó su atención.

Maryann está intentando pillarte. ¿Puedes salir con Marcus a alguna parte? Para que podamos cerrar-

le la boca. Dímelo para que filtre la información. Espero que estés bien. Ayer te eché de menos en el trabajo.

A continuación, había un enlace a la maldita web de Maryann. El titular decía «Ashley George y su falso novio».

Los pasos de Marcus sonaron detrás de ella. Se acercó y la besó en el cuello.

–Buenos días.

El beso le supo a Ashley tan delicioso que estuvo a punto de olvidarse de Maryann. Adoraba escucharle decir esas dos palabras en particular, con su sensual acento británico.

–Es de día, sí. Lo de que sea bueno está en duda. Aunque tu beso lo ha mejorado mucho.

Él puso la tetera en el fuego.

–Pensé que lo de anoche fue magnífico, pero si quieres que lo intente mejor, solo necesito tomarme un té primero. Quizá, también, haré unos abdominales –dijo él, y le guiñó un ojo, apoyándose en la encimera.

Ashley sonrió ante su inesperada faceta bromista, aunque estaba demasiado preocupada por la noticia que le había enviado su amiga.

–Maryann ha decidido contraatacar. Ha escrito un artículo diciendo que lo nuestro es una farsa. Dice que el que tú entraras en mi casa de una patada cuando pasó lo del incendio es la prueba. Si hubieras sido mi verdadero novio, habrías tenido una llave. O, al menos, eso dice ella.

–Qué bruja –dijo él, frunciendo el ceño. Se acercó y deslizó la mano por debajo de la camiseta de Ashley–. Está intentando menospreciar mi heroicidad. No cualquier hombre puede tirar una puerta de una patada, ¿sabes?

–Sigo sin creer que lo hicieras. Recuérdame pedirle al nuevo contratista que ponga una puerta más fuerte.

–Muy graciosa –dijo él, y apagó la tetera para llenar dos tazas con sus bolsitas de té–. Solo porque salgamos juntos no tenemos por qué haber intercambiado las llaves de nuestras casas. Ni siquiera significa que nos acostemos juntos.

–Nadie va a creer eso. Cualquier mujer que saliera contigo no esperaría ni un día antes de llevarte a la cama.

–¿Ah, no? ¿Quieres demostrármelo ahora? –preguntó él con voz aterciopelada.

–Después de que decidamos qué hacer con esto.

–Es muy sencillo. Esta noche es la fiesta de presentación de mi ginebra. Ven conmigo. Ya sabemos cómo hacer una exhibición delante de las cámaras. Seguro que ahora seremos todavía más convincentes. Tenemos más práctica –dijo él, fingiendo seriedad.

Ashley rio.

–No es mala idea. Pero, teniendo en cuenta los sucesos recientes, no pensaba salir esta noche. No tengo nada que ponerme. Mis vestidos de fiesta apestan a humo.

–Nada que no se pueda arreglar yendo de compras –sugirió él–. Será genial ir juntos. Les demostraremos a todos que somos una pareja en toda regla.

A Ashley no le gustaba ponerle etiquetas a las personas, ni a las relaciones. Pero no pudo contener la pregunta.

–¿Es eso lo que piensas? ¿Que somos pareja?

Él la miró con intensidad a los ojos. Le colocó un mechón de pelo detrás de la oreja.

–¿Tú no opinas que las cosas suceden por una razón?

–Un poco, pero también pienso que el destino puede cambiarse. Es mi trabajo. Sería una hipócrita si dijera que el destino dirige nuestras vidas.

–A mí me parece que el incendio era justo lo que tú y yo necesitábamos.

Ella pensó en todo lo que su madre le había contado. Si su piso no hubiera ardido, seguiría allí sola, viviendo en una casa con un riesgo mortal camuflado. El incendio era lo mejor que le podía haber pasado. A ambos.

–Nos dio una oportunidad de estar juntos.

–Para arreglar las cosas, necesitábamos pasar tiempo juntos. A solas. Como una pareja normal. El fuego nos ha dado esa oportunidad.

Una pareja normal. ¿Podían serlo?, se preguntó Ashley, pensando en Lila.

–A mí me gustaría intentarlo –dijo ella. «Porque me estoy enamorando de ti», pensó con el corazón acelerado. Aunque no pudo pronunciar las palabras. Sobre todo, porque estaba segura de que él no la correspondía hasta tal punto. Se había jurado a sí misma protegerse el corazón después de lo de James y allí estaba, ansiosa por entregárselo a Marcus sin tener ninguna seguridad.

¿Estaba preparada para la maternidad? ¿Podía asumir la parte del trato que no era en absoluto negociable? ¿Podía ser lo que Marcus necesitaba? Antes tenía que estar por completo segura de ser la mujer adecuada. ¿Y cómo podía saberlo? Quizá, para ello, necesitaba pasar tiempo con Lila.

–Bien. Yo también quiero intentarlo –repuso él con una sonrisa radiante.

No era momento para amargarse con todo lo que podía salir mal, pensó ella.

–Hacen falta dos para eso.

Marcus la envolvió con sus brazos y la besó con pasión.

–Espero que no te importe que el té se enfríe. Me gustaría practicar lo que acabamos de decidir antes de ir a la oficina.

Capítulo Ocho

Había llegado la hora de cerrarle la bocaza a Maryann, se dijo Ashley.

Eso significaba que también era hora de preparar su próxima salida con Marcus a la fiesta de presentación de sus nuevas destilerías.

No habían salido mucho de su dormitorio desde que él había vuelto del trabajo. Cuando se perdían el uno en el otro, se olvidaban fácilmente del mundo exterior, incluso, de necesidades básicas como comer. Aunque Marcus no se había olvidado de que los había estado esperando la tarta de coco.

Por el momento, las cosas parecían ir viento en popa entre ellos. Lila regresaría el lunes por la mañana. Y el plan era que Ashley regresara a su piso ese mismo día. Había quedado con el nuevo contratista para que retomara la obra.

Ashley entró en la ducha en el baño de Marcus.

–¿Puedo mirar? –preguntó él, asomándose mientras se abrochaba los pantalones.

–No, si quieres llegar a tiempo a tu gran noche –repuso ella, metió la cabeza bajo el chorro de agua y enjabonó.

–¿Quién es la aguafiestas ahora?

–Solo soy realista, Marcus.

Después de la ducha, ella se maquilló y se puso un vestido negro de seda. Al sentir el contacto del tejido de seda, se le puso la piel de gallina. El vestido dejaba poco espacio a la imaginación, aunque era de un gusto impecable. Se ajustaba al milímetro a sus caderas, sus glúteos, sus pechos. No podía dejar de imaginarse a Marcus abrazándola, acariciándola por encima de ese atuendo que la hacía sentir como si estuviera desnuda.

Se puso unos tacones y se hizo un moño. Él le había dicho que le gustaba con el pelo recogido.

Se dirigió hacia la cocina, donde Marcus estaba, anticipando con excitación el momento en que sus ojos se encontraran de nuevo. Al verlo, se quedó hipnotizada admirando sus anchos hombros bajo el impecable traje oscuro, su fuerte mandíbula, su porte varonil y sensual.

Marcus esbozó la sonrisa más pícara que ella había visto, como si fuera un zorro clavando los ojos en un esponjoso conejito.

–Estás impresionante –dijo él.

–Gracias –susurró ella–. Y tú eres el hombre más guapo que he visto en mi vida.

–Bueno, ahora me siento como si pudiera conquistar el mundo entero.

–Bien. Así es como debes sentirte.

Como siempre, tan caballeroso, él le tendió la mano, mirándola a los ojos con una intensidad desarmadora.

–Tenemos que irnos. No quiero que llegues tarde –dijo ella, tirando de él hacia la puerta.

–Ese vestido debería ser ilegal –murmuró él, mientras la seguía.

En el garaje, los esperaba la limusina que los llevaría a la fiesta, a media hora de distancia, en Nueva Jersey. El tiempo pasó volando, mientras iban los dos en silencio, sus manos entrelazadas. Cuanto más cerca estaban, más nervioso parecía Marcus.

–¿Estás bien?

–Sí. Estoy nervioso por todo lo que significa esto

para mi familia. Quiero que mi padre esté orgulloso. Necesito estar a la altura en la entrevista. Mi padre lleva una eternidad esperando que Ginebras Chambers salga en esa revista. Es un gran logro.

–Lo entiendo. Lo vas a hacer muy bien, seguro.

–Ya veremos. Suelo bloquearme un poco en estas situaciones. No me gusta venderme a mí mismo. Prefiero vender ginebra.

El coche se detuvo en la puerta de la destilería, un enorme edificio industrial. Cuando salieron, los recibió un ejército de paparazzi. Una vez más, Grace había hecho bien su trabajo. Hasta el fotógrafo de la revista de Maryann estaba allí.

–Hola a todos –saludó Marcus, tomando a Ashley de la mano bajo los flashes–. No os quedéis demasiado tiempo aquí afuera. La diversión está dentro. Estáis invitados a reuniros con nosotros para brindar con Chambers No. 9.

Entonces, él la rodeó de la cintura y la besó en la mejilla. Invadida por una sensación de calidez, ella admitió para sus adentros que no solo lo había acompañado para acallar a Maryann. Presentía que, tras ese beso, había algo más que representar un papel delante de las cámaras. Había algo muy protector en él, igual que en la manera en que la sujetaba a su lado.

Ashley reconoció a la hermana de Marcus, Joanna, en cuanto entró en la fiesta. Tenía el porte de su hermano, alta y guapa, aunque en versión femenina.

–Jo, esta es Ashley –presentó él.

Su hermana lo agarró del brazo.

–Salta a la vista –repuso Joanna, y envolvió a Ashley en un abrazo–. Me alegro de conocerte. Marcus me ha hablado mucho de ti –señaló y miró a Marcus–. Tienes razón, es impresionantemente bella.

–Solo digo la verdad –dijo él con una sonrisa.

Joanna le tomó a Ashley de la mano.

–Ven, te llevaré a la sala de catas para mezclarnos con la prensa. Oscar Pruitt está esperando a Marcus.

–¿Me está esperando? –preguntó él, nervioso–. Diablos, Joanna, ¿por qué nadie me ha dicho que había llegado ya?

–No te angusties. Acaba de llegar. Lo he dejado acomodado en la sala de catas. Me ha dicho que espera que le hagas una visita privada por la fábrica. No te preocupes, yo me ocuparé de entretener a la gente hasta que vuelvas –le tranquilizó Joanna, dándole una palmada en el hombro.

Marcus suspiró. Le apretó la mano a Ashley y le dio un beso en la frente.

–Pásalo bien, cariño. Te veo dentro de un rato.

Ella lo agarró del brazo para detenerlo antes de que se fuera.

–Oscar Pruitt va a quedar enamorado. Tienes la mejor ginebra del país y sabes todo lo que hay que saber sobre su elaboración. Ahora haz que tu padre se sienta orgulloso.

Él sonrió, meneando la cabeza con incredulidad.

–¿De dónde has salido, Ashley George?

–Del otro lado del pasillo, ¿recuerdas?

–Ah, sí –repuso él, sonriendo.

La sala de catas estaba repleta de gente. Había una docena de mesas altas con banquetas forradas de cuero a su alrededor. Había también una barra en un extremo, atendida por dos camareros. El espacio estaba separado de la fábrica por una pared de cristal. En puntos estratégicos, había cestas con los ingredientes naturales que llevaba Chambers No. 9: piel seca de naranja, cilantro y, por supuesto, bayas de enebro.

–Gracias por hacer esto por nosotros –dijo Joanna–. Marcus y yo te estamos muy agradecidos. Me alegro de que haya dejado de ser tan tozudo respecto a ti.

–¿Cómo?

–Le gustas desde el primer día que se mudó a ese edificio –le contó Joanna–. Me alegro de que se haya aclarado de una vez.

¿Le gustaba a Marcus desde el principio? Ashley apenas podía creerlo, después de lo difíciles que habían sido sus comienzos.

–Parte del problema fue nuestra primera cita. Le conté que mi ex novio rompió conmigo porque no estaba preparada para tener hijos. Dejé de caerle bien justo entonces. Supongo que fue por Lila. Y lo entiendo. Lo que pasa es que no estaba preparada para hablar de eso en nuestra primera cita.

–A veces, lleva las cosas demasiado lejos. Deberías haber visto las pruebas que le hizo pasar a la niñera antes de contratarla. Seguro que a la pobre le hubiera resultado más fácil conseguir un empleo en el servicio secreto. Es muy protector con Lila, de eso no cabe duda. Pero tú pareces una mujer lista. Seguro que puedes sortear ese obstáculo. Si quieres hacerlo, claro.

Ashley asintió, digiriendo las palabras de Joanna.

–¿Y quieres?

A pesar de las dudas que Ashley tenía sobre sí misma, solo tenía una respuesta para esa pregunta.

–Me gustaría intentarlo.

–Bien –dijo Joanna, y le dio un apretón cariñoso a la mano–. Ahora, vamos a trabajar.

Ashley acompañó a Joanna de una mesa a otra. Hablaron con periodistas, rieron con distribuidores de licor y saborearon un delicioso cóctel por el camino. Los camareros pasaban con bandejas con aperitivos. Joanna ordenó a dos empleados que llevaran a pequeños grupos de reporteros a recorrer las instalaciones, después de que hubiera terminado la visita de Oscar Pruitt.

–Marcus debería haber terminado ya –comentó Joanna, mirándose nerviosa el reloj–. Hace ya una hora que acabaron la visita guiada. Será un gran chasco si sale mal. Debería ir a verlos.

Uno de los empleados agarró a Joanna del brazo y le susurró algo al oído.

–Maldición. Ahora mismo voy –replicó Joanna, y se giró hacia Ashley–. ¿Te importa asomarte a la sala de catas para comprobar si Marcus y el señor Pruitt necesitan algo?

–Claro que no.

–Ahora que lo pienso, es una idea genial. El señor Pruitt me hizo algunas preguntas sobre ti antes. Quizá puedas hablar un poco con él.

Ashley no estaba segura de qué podían hablar, pero sabía bien cómo sobrevivir en conversaciones difíciles.

–¿Por allí?

–Sí, todo recto por ese pasillo.

Marcus había escuchado muchas historias sobre lo mucho que intimidaba Oscar Pruitt a la gente. Era un hombre engreído y egocéntrico que no dudaba en demostrar siempre su supuesta superioridad. Marcus había pensado que la realidad no podía ser tan mala y que el periodista tendría alguna faceta agradable. Se había equivocado.

Oscar le había hecho cientos de preguntas malintencionadas durante la visita, había metido las narices en todo, había hecho lo posible por sacar a Marcus de sus casillas.

Había sido una prueba de fuego, pero Marcus creía que la había superado.

–¿Por qué no pasamos a la cata? –propuso Marcus, señalando hacia la sala privada que había tras la barra. Necesitaba tomar algo. Colocó cuatro vasos finos sobre la mesa, dos para cada uno.

–Creo que le va a gustar el sabor –aventuró Marcus. No le gustaba tener que vender su ginebra, pero debía hacerlo. Su padre se había mostrado reticente acerca de Chambers No. 9 y de la idea de lanzar una ginebra americana. El señor Pruitt, que pertenecía a la vieja escuela, debía de tener la misma forma de pensar.

–Tu padre lo llama la versión moderna de un original. Piensa que es genial.

Marcus sonrió de corazón. La aprobación de su padre significaba mucho para él. Le había permitido a su hijo lanzar una nueva línea dentro de una marca que no había cambiado desde 1902.

–Por supuesto, le dije a tu padre que eso lo decidiría por mí mismo. Pero supongo que aprecias su opinión. Yo también intento apoyar siempre a mis hijos –señaló Oscar. Sacó unas gafas y se las puso, asomando la nariz mientras Marcus abría la primera botella.

Una cata era la mejor manera de demostrar que Chambers No. 9 representaba un paso en la era moderna, sin perder la calidad característica de la compañía. Llenó dos vasos con la ginebra original y otros dos con la No. 9. Añadió un poco de agua a cada una, para diluir el alcohol y liberar los aromas.

–Como le dije durante la visita, en el No. 9 hemos ampliado la mezcla de hierbas de siete a nueve. Los nuevos ingredientes con alcaravea y saúco.

Oscar frunció el ceño con escepticismo. Luego, se llevó el vaso a los labios.

–El sabor es interesante. Sorprendente.

Marcus respiró aliviado. Al menos, no lo había escupido.

A continuación, Oscar tomó un trago de la ginebra original y asintió.

–Tengo que decirte, Chambers, que después de haber probado ambas, entiendo lo que estabas buscando. No me gusta usar esta palabra, pero he de reconocer que estoy impresionado.

Marcus exhaló. Su padre conseguiría el reportaje que había estado esperando tanto tiempo.

–¿Terminamos la entrevista?

Ashley caminó por el largo y silencioso pasillo que conducía a la sala de catas privadas. Una señal indicaba dónde era, justo al final del corredor. La puerta estaba abierta, pero se detuvo al escuchar que estaban hablando.

–Por favor, señor Pruitt no hable así de ella –dijo Marcus con educación, aunque su tono era alto y cortante.

–Es una pregunta razonable. ¿Vas a dejar tu legado y tu tierra natal a cambio de la vulgar cultura neoyorquina?

–No es eso lo que me ha preguntado. Me preguntó por qué quiero asociarme con una mujer como la señorita George, tanto profesional como personalmente.

A Ashley se le aceleró el corazón en el pecho. Se quedó pálida.

–Es la estrella de un *reality show* –continuó el periodista–. Parece que has rebajado tu propia imagen a cambio de ser famoso. Francamente, me sorprende que una familia tan honorable como la tuya haya caído tan bajo.

Ashley hizo una mueca. ¿Era eso lo que la gente pensaba? ¿O acaso ese tipo era un imbécil pomposo? Marcus había estado tan emocionado con esa entrevista… y todo estaba saliendo mal. Por su culpa. Se apoyó en la pared, junto a la puerta, escuchando.

–No puedo creer que sea tan esnob –replicó Marcus–. Sobre todo, cuando usted vive en Nueva York la mitad del año. Ni siquiera la conoce. Es una de las mujeres más trabajadoras que he visto. Puede que salga en la televisión, pero no, su trabajo no es una farsa. Cree en lo que hace. Se dedica a buscarle pareja a la gente, a ayudarles a encontrar el amor. Y lo hace muy bien. Si no le parece una ocupación digna, lo siento por usted.

Una cálida emoción envolvió a Ashley. Marcus la admiraba y aprobaba su trabajo. Incluso había salido en su defensa.

El señor Pruitt se rio, pero no fue una carcajada frívola. Estaba impregnada de desaprobación y superioridad.

–Creo que alguien está demasiado embobado como para pensar con claridad.

–¡Se acabó! –gritó Marcus–. ¡Fuera de aquí! ¡O sale inmediatamente o lo echo yo mismo!

–¿Me vas a echar de la entrevista? Tu padre llevaba años esperando ver publicado este reportaje en nuestra revista. ¿Y así te comportas cuando estás a punto de lograrlo? No creo que a tu padre vaya a gustarle.

No. No. No. Ashley cerró los ojos, rezando porque Marcus respirara hondo y se calmara.

–Mi padre me ha enseñado a salir en defensa de una dama. Si usted no lo comprende, esta entrevista no tiene sentido.

–Bueno, ya veo que la señorita George te tiene atontado.

Ashley no estaba segura de qué podía hacer, pero si no actuaba rápido, todo estaría perdido. Y se toparía de bruces con el hombre que acababa de decir cosas horribles sobre ella. Por una parte, pensó en irse a toda prisa. Pero no lo hizo. Debía entrar en esa habitación y comportarse como una mujer.

El señor Pruitt la miró sorprendido al verla entrar contoneando las caderas y sonriendo.

–Oh, hola. Usted debe de ser Oscar Pruitt –saludó ella, y se inclinó hacia delante, dejando que su escote causara el efecto esperado. Le estrechó la mano con firmeza, complacida de verlo tan atónito–. Soy Ashley George. Es un placer conocerlo, señor. He oído cosas maravillosas de usted –continuó con el acento sureño más azucarado de que era capaz. Levantó la vista hacia Marcus, sin dejar de sonreír.

–Ashley –dijo él–. ¿Estabas en el pasillo? –preguntó lleno de preocupación.

–Sí. No mucho tiempo –repuso ella–. He oído que el señor Pruitt ha dicho que te tengo embobado.

Marcus parpadeó. El señor Pruitt se aclaró la garganta. Ella se estrujó los sesos para buscar una salida al callejón en que acababa de meterse. No quería que el señor Pruitt se fuera de rositas y tampoco quería que Marcus perdiera la entrevista–. Me parece una forma encantadora de decirlo –añadió con acento exagerado, tomando asiento junto a Oscar–. Marcus y yo estamos bastante embobados el uno con el otro, eso no se puede poner en duda –admitió, y dio una palmada en la barra–. Una copa, por favor. Por una vez, la necesito.

Cuando Oscar Pruitt salió de la sala de catas, parecía un hombre diferente. Marcus sabía muy bien que no había manera de prepararse para el huracán Ashley. Al final, el hombre se había mostrado embelesado con ella. Incluso le había asegurado que era la mujer más encantadora que había conocido. Se había referido a Chambers No. 9 como sublime y se había disculpado por no ser un espectador habitual de *Tu media naranja*. Cuando se fue, le dijo a Marcus que su entrevista para International Spirits sería una de las más excitantes que había escrito.

Ashley había salvado a Ginebras Chambers del desastre.

Y, más importante aún, había salvado a Marcus de sí mismo. Y de decepcionar hondamente a su padre. Mientras tanto, nunca se había sentido tan excitado por una mujer. Entre el vestido, su actuación al puro estilo sureño y el profundo alivio de ver salvada la entrevista, solo quería una cosa. Tenerla desnuda en su cama.

–Necesito que volvamos a la ciudad, a mi casa, ahora –dijo él, tomando su chaqueta.

–Pero la fiesta...

Él la acalló, posando un dedo en sus labios.

–Jo puede ocuparse. Yo tengo que ocuparme de ti –dijo él, y apagó la luz de la sala–. Salgamos de aquí.

Marcus convenció a su hermana de que tomara las riendas durante el resto de la noche y se fueron volando a la limusina.

–Has estado increíble esta noche, Ashley. No estoy seguro de tener palabras para darte las gracias –dijo él, y la tomó de la mano, mirándola a los ojos. Era una mujer bellísima, por dentro y por fuera. Y siempre lograba sorprenderlo.

–No podía quedarme en el pasillo y dejar que tu entrevista se fuera al garete por mi culpa. Tenía que hacer algo.

Marcus le acarició la mano con el pulgar.

–Pero oíste esas cosas que dijo de ti. ¿Cómo lograste no ponerte furiosa?

–La gente ha dicho cosas peores de mí.

–Pero la gente te adora.

–Créeme, no a todos les gusta la presentadora de *Tu media naranja.*

–Esa presentadora no me acaba de salvar del desastre. Has sido tú. Entraste allí y te enfrentaste a la horrible actitud de Oscar. Le hiciste cambiar de opinión solo siendo tú misma –dijo él, emocionado. Ansiaba decirle que la quería, pero tenía miedo de que fuera demasiado pronto para ella.

–No podía decepcionarte.

–Nunca lo haces –aseguró él, meneando la cabeza. Le acarició el rostro y la besó con suavidad.

–¿Estás seguro de que no lo dices por el vestido?

Él rio con suavidad.

–El vestido deja fuera de combate a cualquiera, eso es verdad. Pero no lo digo por eso.

Marcus la rodeó por los hombros y la apretó a su lado. Ella lo abrazó también, entrelazando sus miradas. Él perdía el sentido del tiempo y el espacio cuando se miraba en sus ojos.

«Es una mujer increíble. Estoy loco por ella», pensó Marcus con la respiración entrecortada. Era imposible permanecer estoico cuando sus cuerpos estaban tan cerca. Pero no quería desnudarla en el asiento de un coche. Quería llevarla a su casa y hacerle el amor durante toda la noche.

A esas horas, apenas había tráfico, y llegaron enseguida. Cuando se cerraron las puertas del ascensor del edificio, ella lo rodeó con los brazos, acorralándolo contra la pared.

–La forma en que me estabas acariciando por encima de la tela del vestido me estaba volviendo loca. ¿Tenías que hacerlo durante todo el trayecto? –le susurró ella, y lo besó, mordisqueándole el labio.

Lanzando un gemido gutural, Marcus la besó también, sin aliento. Le levantó el vestido, ansiando tocarle el muslo.

–Parece que me he metido en un lío –musitó él, mientras, con la otra mano, le acariciaba las costillas, desesperado por poder quitarle la ropa y tocarle los pechos.

El ascensor llegó a la planta once. A Marcus le faltaba espacio en los pantalones. Agarró a Ashley de la mano y se dirigió a toda prisa a su piso. Mientras rebuscaba las llaves en el bolsillo, ella se puso de puntillas y le susurró dulces palabras al oído, bañándolo con su cálido aliento, volviéndolo loco de deseo.

Desnudándose por el camino, llegaron al dormitorio, fundidos en una maraña de brazos, piernas y besos. Necesitaba poseerla, en cuerpo y alma, se dijo, invadido por una excitación incontrolable.

Cuando ella se quitó el vestido, era como si estuviera ofreciéndole su premio, una recompensa que él quería solo para sí. Le detuvo las manos antes de que se hubiera quitado la ropa del todo, de forma que el vestido quedó enredado en los brazos de ella.

En la penumbra de la habitación, admiró su belleza, su magia femenina. La tumbó en la cama, sujetándole las muñecas por encima de la cabeza.

–¿Estás bien? –preguntó él, robándole un beso.

–Muy bien.

Marcus posó la mano en uno de sus pechos, sintiendo que su sedosa piel se derretía bajo el contacto. Sus tiernos pezones rosados rogaban ser acariciados.

–No te muevas. Deja tus manos donde están –pidió él, y se puso en pie.

–Lo que tú quieras.

Él se quitó los pantalones y los calzoncillos, sin dejar de contemplar cómo ella lo contemplaba.

–Estás imponente sin la ropa puesta, ¿lo sabes? –dijo ella.

–Yo opino lo mismo de ti –repuso él. Nunca había deseado tanto a una mujer. Podría pasarse la vida entera explorándola, descubriendo sus misterios, admirándola–. ¿Podemos dejarte los zapatos puestos? –pidió, y se acercó a la cama. Le sujetó una pierna por el tobillo, trazándole un camino con la punta del dedo hasta la cara interna del muslo.

–Quiero tocarte –dijo ella, levantando la cabeza hacia él–. ¿Puedo mover las manos ya?

Marcus le acarició el vientre. La testosterona de su cuerpo ansiaba que ella lo tocara por todas partes. Pero su cerebro quería tenerla bajo control durante unos minutos más.

–Todavía, no.

Ashley tenía el corazón en la garganta. Marcus era muy excitante cuando actuaba así, tomando el control, dándole órdenes. Quizá, esa era la razón por la que nunca había sido capaz de darle de lado, cuando habían tenido sus peleas.

Sin apartar los ojos de su cara, deslizó la mano bajo sus braguitas. En ese instante, Ashley supo que era suya por completo. Podía conseguir cualquier cosa de ella. Cualquier cosa.

Estaba desnuda del todo, tanto física como mentalmente. Y Marcus se colocó encima, separándole las piernas con las rodillas. La sujetó de la cintura mientras recorría cada milímetro de su vientre con cálidos besos. Cuando llegó a los pechos, lamió y succionó los pezones. La besó debajo y a los lados de los senos, despacio, saboreándola.

Sus besos fueron haciéndose más profundos, más húmedos, a medida que comenzó a bajar. Ella contuvo el aliento cuando llegó al pubis. Y, cuando la besó en el centro de su feminidad, el mundo dejó de existir a su alrededor. Despacio, fue explorando sus partes más íntimas con la lengua, con los labios, con la paciencia de un hombre que sabía lo que estaba haciendo.

Incapaz de seguir sin tocarlo, Ashley tiró el vestido que todavía tenía entre las muñecas y hundió las manos en su pelo. Mientras trazaba círculos con la lengua, Marcus estaba llevándola al clímax con una intensidad deliciosa.

–Te necesito, Marcus. Hazme el amor –gimió ella.

Todavía se hizo esperar unos segundos más, lo suficiente como para que ella se sintiera mareada de tanto placer. Entonces, se incorporó lo justo para sacar un preservativo de la mesilla.

–Deja que yo te lo ponga –pidió ella.

–Claro –repuso él, y se lo tendió. Un profundo sonido gutural escapó de sus labios al ver cómo ella lo tocaba.

Ashley lo acarició, admirando su reacción. Apretó las manos alrededor de su erección y, luego, cambió a una caricia más suave. Eso parecía volverlo loco. Recorrió su longitud despacio, con cuidado, notando que se ponía más dura con cada pasada. Pero no podía esperar más, así que abrió el paquete y le puso el preservativo.

Marcus inclinó la cabeza, le sujetó del rostro y le dio un largo beso. Era como si quisiera beberse su ser.

–Te deseo, Marcus. Hazme el amor –rogó ella, tumbándose y rodeándolo con sus piernas.

–Y yo te deseo, Ash. Más de lo que nunca sabrás.

La penetró mientras le sujetaba el trasero con las manos. Ella lo rodeó con las piernas por la cadera, incapaz de creer el delicioso placer que la invadía. Sus cuerpos estaban perfectamente fundidos, como si fueran uno solo. Cuando él incrementó el ritmo, con pequeñas pero poderosas arremetidas, su respiración se convirtió en un rápido jadeo. Tenía los ojos entrecerrados, como si estuviera sumido en un profundo trance. Ella ansiaba esos labios. Quería besarlo al mismo tiempo que llegaba al orgasmo.

–Bésame –gritó ella, clavando las uñas en las sábanas, al borde del éxtasis.

Él la rodeó con sus brazos y la apretó contra su pecho. Sus bocas se pegaron, sus lenguas se entrelazaron. Y, con una profunda arremetida, la llevó al clímax, siguiéndola de cerca.

Sus respiraciones se ralentizaron poco a poco, mientras sus cuerpos continuaban abrazados. Ashley le acarició el rostro, pensando que no había ningún otro sitio del mundo donde prefiriera estar. Lo amaba.

Pero no podía estar segura de estar a la altura.

Capítulo Nueve

Marcus llevaba un rato medio despierto, admirando la belleza de Ashley mientras dormía. Sabía lo afortunado que era de haberla encontrado.

Ashley se movió, se estiró y arqueó la espalda. Un rayo del sol de la mañana se coló por la persiana, bañando su hermoso rostro. Eran las nueve y media. ¿Cuándo había sido la última vez que se había levantado tan tarde un domingo?, se dijo él. Nunca, al menos, desde que Lila había nacido.

Tanto Ashley como él habían necesitado dormir. Habían aprovechado al máximo su noche juntos, intercalando sueño y sexo. Cada vez que uno, medio dormido, tocaba el cuerpo del otro, el placentero círculo vicioso comenzaba.

En ese momento, tenían todo un día por delante para digerir la poderosa fuerza que los unía de forma tan perfecta, al menos, en la cama. Su prueba sexual había sido un verdadero éxito. Pero no era toda la realidad.

–Buenos días –dijo ella, somnolienta, apoyando la cabeza en el pecho de él.

–Buenos días.

Marcus le acarició la espalda y la besó en la cabeza. Pensar en lo que tenían por delante lo llenaba de esperanza. Hacía mucho tiempo que no se había sentido esperanzado hacia el futuro. No quería dejar que Lila sufriera, pero algunas cicatrices eran inevitables. Algún día, su hija entendería que su madre biológica había decidido no estar a su lado en momentos tan importantes como sus primeros pasos, sus primeras palabras, su primer día de colegio o su primer novio. Pero, si la vida tenía algo de justo, Lila crecería con dos padres que la adorarían para suavizar la sórdida verdad.

Lila siempre le había servido para recordar que el mundo seguía siendo un lugar maravilloso. En el presente, tenía a Ashley para recordarle lo mismo. Algo dentro de él se había despertado, algo que había creído perder con la marcha de Elle. Cuando había bajado la guardia, el amor había llamado a su puerta como un tornado.

Pero todavía había dos piezas del puzle por encajar. Y eso le asustaba más que nada. No podía solventar ninguna de las dos cuestiones en su cabeza y tampoco podía olvidarlas. Ashley podía ser perfecta para él, pero podía no ser adecuada para Lila. Y viceversa. No tendría más remedio que terminar su relación si eso no funcionaba. Y, de nuevo, se vería inmerso en el infierno por el que había pasado tras su ruptura con Elle.

Otra cuestión era la del piso de Ashley. Iba a continuar con la reforma y eso significaba seguir con una vida que no los incluía ni a él ni a Lila. Aunque intentaba mantener la calma, esperar que cada cosa sucediera a su tiempo, le estaba resultando muy difícil. Quería lanzarse de cabeza a una relación duradera, no quedarse esperando. Eso implicaba que debía pronunciar al fin las palabras que no podía seguir conteniendo.

–¿Qué quieres hacer hoy? –preguntó ella, levantando la vista hacia él con una sonrisa.

Marcus se quedaba embobado cada vez que lo miraba así. Y recordaba que ese era el único lugar donde quería estar. Era la mujer ideal para él. Le tomó de la mano, deseando poder tener un anillo de compromiso para ponérselo en ese momento.

–Antes de que hagamos planes, tengo que decirte algo que debería haberte confesado hace días.

–De acuerdo…

El tono indeciso de su voz le hizo pensar a Marcus que su apuesta podía no tener buen resultado. Pero debía continuar, aunque el corazón parecía a punto de salírsele del pecho.

–Te amo.

La inmensa sonrisa de Ashley le provocó un enorme alivio.

–Estaba empezando a creer que yo iba a tener que decirlo primero.

–¿Y vas a decirlo?

Ella asintió.

–Te amo, Marcus. Te quiero tanto que siento que me salen corazones por los ojos cada vez que te miro.

Él rio ante la caricaturesca imagen.

–Cuando te miro, el mundo me parece un lugar mejor.

–Eso es muy bonito –dijo ella, sonrojándose–. Vas a hacerme llorar.

–No llores. Quiero hacerte feliz.

Ashley lo besó con ternura.

–Me haces feliz. Y tengo algo que confesarte. Creo que me he enamorado de ti desde el principio.

–A mí me ha pasado lo mismo. Siento haberme portado como un necio. Es que me resultaba muy frustrante verte y pensar que lo nuestro no podía funcionar –reconoció él. ¿Y podía funcionar?, se preguntó. ¿Para siempre?

–Mi comportamiento también ha dejado mucho que desear. Creo que ambos deberíamos olvidarnos de ese capítulo y empezar de nuevo –dijo ella con una sonrisa.

–Estoy de acuerdo. Por eso, quiero llamar a Joanna esta mañana y pedirle que traiga a Lila pronto a casa. Quiero que pasemos el día juntos los tres.

–¿Ah, sí? –preguntó ella, esperanzada y asustada al mismo tiempo.

–Háblame. Dime lo que piensas.

–Me alegro de que por fin confíes en mí para presentarme a tu hija. Pero te mentiría si te dijera que no me pone nerviosa. No soy tan ingenua como para pensar que el mayor obstáculo que hay entre nosotros va a ser fácil de superar.

Con un nudo en el estómago, Marcus se recordó a sí mismo que Ashley no era Elle. Aun así… Ashley y Lila no se conocían en absoluto. Quizá había sido un error, pero solo había intentado proteger a su hija. Aunque no había contado con que se enamoraría de pies a cabeza. Debía tener esperanza y rezar porque funcionara. Si no era así, no sería culpa de Ashley. Ella nunca le había pedido convertirse en madre de Lila.

–No quiero que te preocupes. Solo pasaremos el domingo juntos los tres.

Ella asintió despacio, aunque Marcus adivinó que estaba dándole vueltas a la idea y que no estaba demasiado convencida. ¿Y si entraba en pánico y decidía dejarlo?

–Y, luego, ¿qué? No puedo dejar de pensar que es una prueba, Marcus. ¿Y si no nos caemos bien? ¿Me dirás adiós y tendré que vivir enfrente del hombre al que quiero pero que no puedo tener?

–Ahora entiendes perfectamente lo complicada que ha sido mi situación desde el principio.

–Siempre entendí tu situación. Pero tienes que verlo de forma distinta, o nunca dejaré de ser una extraña tratando de encontrar su lugar. Mis dudas no tienen que ver con el miedo a la maternidad o a la responsabilidad. Son cosas que puedo superar. Lo que me asusta es que no puedo lastimarte como lo hizo Elle. Me mataría decepcionarte de esa manera. Y los dos terminaríamos con el corazón roto.

Marcus cerró los ojos. Seguir adelante con su plan era la única manera de salir de dudas. No podía esconderse con Ashley en su piso para siempre. El mundo seguía girando. Necesitaban enfrentarse a sus miedos. Era la única forma de que pudiera tener lo que quería… un vida feliz con ella.

–Me encanta que me quieras lo bastante como para no querer romperme el corazón. Pero no puedo dejarte ahora, Ashley. No podemos deshacer lo que está hecho. Lo único que podemos hacer es seguir adelante.

Ella asintió.

–De acuerdo. Llama a Joanna. Traigamos a Lila a casa.

Ashley estaba hecha un manojo de nervios cuando sonó la puerta anunciando la llegada de Joanna y de Lila.

–Están aquí –dijo él, vestido con vaqueros y una camiseta, y fue a recibirlas.

–Hola. Hola. Hola –dijo Lila con su dulce vocecita, tirándose a los brazos de su padre.

–Aquí está mi niña –dijo él, apretándola contra su pecho.

Ashley no había nunca un amor tan fuerte y tan puro entre un padre y una hija. Él frotó su nariz con la de la pequeña y los dos rieron juntos. A Ashley se le saltaron las lágrimas ante una estampa tan entrañable. ¿Estaba a la altura? Lila tenía más de lo que muchos niños podían soñar. Tenía un padre que haría lo que fuera para protegerla y para hacerla feliz.

Joanna también había estado presenciando la reunión y parecía emocionada. Los ojos de las dos mujeres se encontraron, Ashley recordó su conversación en la destilería, cuando Joanna le había preguntado si quería darle una oportunidad a su relación con Marcus. La respuesta era sí, indudablemente, sí. Aunque sus miedos le encogieran el estómago.

–Me voy ya para que podáis los tres disfrutar del día –dijo Joanna, y besó a Lila en la mejilla–. Hasta pronto, dulce niña –se despidió y, acto seguido, le revolvió a su hermano el pelo en un gesto cariñoso–. No seas gruñón. Divertíos. Los tres juntos –añadió, le guiñó un ojo a Ashley y se marchó.

Marcus llevó a la pequeña delante de Ashley.

–Esta es Ashley. Quiero que las dos paséis mucho tiempo juntas.

Lila no se estaba enterando de la presentación. Parecía más interesada en su cesta de juguetes y estaba forcejeando para bajar a jugar.

–Está bien. No podemos forzarlo.

Marcus llevó a Lila donde estaban los juguetes y la bajó al suelo. La pequeña se puso en pie sujetándose a una mesa y empezó a sacar los juguetes de la cesta, uno por uno, tirándolos al suelo.

–Le gusta sacar cosas –comentó Marcus, mientras se sentaba en el suelo, apoyado en la pared.

Ashley sonrió ante la sencilla forma de romper el hielo de la pequeña. Se sentó junto a la cesta y sacó una rana de peluche.

–¿A quién tenemos aquí?

Lila la miró con gesto serio, agarrándose a la cesta para no perder el equilibrio. Le quitó la rana de la mano y la dejó en la montaña de juguetes que estaba haciendo en el suelo.

–¿Así funciona este juego? –dijo Ashley, y metió la mano en la cesta otra vez. Sacó una pelota y se la tendió a Lila.

En esa ocasión, la niña tomó el juguete sin detenerse y lo añadió a los demás.

–Sí. Ponemos todo en el suelo y, luego, jugamos. No antes –explicó Marcus–. Son las reglas de Lila. Yo solo sigo órdenes.

–Tienes a papá bien entrenado. Chica lista –comentó Ashley, y probó de nuevo, sacando un conejito de peluche que tenía pinta de estar muy usado.

A Lila se le iluminó el rostro al verlo.

–Mira, Lila. Ashley ha encontrado al señor conejo –dijo él.

La niña dejó al conejito en el suelo, pero separado de los demás juguetes, y continuó con su tarea, metiendo medio cuerpo en la cesta para llegar al fondo.

Marcus la agarró de la camiseta.

–Siempre me da miedo que se caiga de cabeza en la cesta.

Lila se retorció para zafarse de su padre y soltó la cesta. Se sentó en el suelo.

–¿Y si hacemos esto? –propuso Ashley, y volcó la cesta delante de ella.

Lila abrió mucho los ojos, sorprendida. Se quedó mirando a Ashley sin moverse. Ashley contuvo el aliento, mortificada, preparándose para una rabieta. Pero el rostro de la niña se iluminó y comenzó a reír. Gateó hasta la montaña de juguetes, tomó una pieza de hacer construcciones y se la tendió. Ashley no sabía muy bien qué hacer, así que la tomó y la echó de nuevo en la cesta. Lila rio de nuevo y fue a por otro juguete.

Mientras contemplaba la escena, Marcus meneó la cabeza, sonriendo.

–Ya has creado un juego nuevo.

–Solo sigo las pistas que me da –dijo Ashley, metiendo juguetes en la cesta. Una vez que estuvo llena, la volcó de nuevo, haciendo que la niña casi explotara de risa.

Marcus se unió al nuevo juego durante casi una hora, hasta que Lila se cansó y empezó a gatear por el salón. Ashley y él la siguieron. La pequeña se puso en pie agarrada al sofá y caminó dos pasos hasta continuar sujetándose en la mesa.

–Va a caminar pronto –comentó Ashley.

–Lo sé. Va todo muy rápido –repuso él, se sentó y señaló a su lado–. Siéntate. Es mejor que descanses.

–Empiezo a hacerme una idea.

Él la rodeó con su brazos y la besó en la frente. Al verlos, Lila se volvió hacia su padre, agarrándose a sus rodillas, y se puso de puntillas.

–¿Quieres que te suba? –dijo él. Soltó a Ashley y tomó a la niña en sus brazos para colocarla en su regazo.

Lila se recostó en su pecho, mirando a Ashley.

Ashley la tomó de su mano regordeta. ¿Cómo podía haber abandonado su madre a una criatura tan tierna? ¿Y podía ella llenar ese vacío? ¿O se pasaría toda la vida sintiendo que no estaba a la altura?

–Entiendo por qué eres tan protector con ella. Ahora comprendo por qué no querías presentármela.

–Por favor, dime que sabes que ya no pienso así. Quiero que pases tiempo con mi hija. Espero que te enamores de ella como te enamoraste de mí.

Ashley sonrió y apoyó la cabeza en su hombros. ¿Cómo podía no enamorarse de Lila? Tras solo unas horas juntas, la pequeña ya se había ganado un lugar en su corazón.

Capítulo Diez

El lunes por la mañana, Ashley no podía estar más triste y confundida. Era el día en que recuperaba su casa, empezaba la limpieza y el nuevo constructor continuaba con la reforma. Temía que la misma situación que los había unido a Marcus y a ella en el presente los separara.

Ella sabía que seguir centrada en su piso no era lo correcto. Quería estar con Marcus y con Lila. Pero también le había entregado un depósito de diez mil dólares al nuevo contratista.

Durante todo el domingo, había esperado que Marcus le hubiera dado su opinión sobre el tema. Pero habían pasado un día fantástico juntos y ella no había querido estropearlo sacando el tema.

Marcus entró en la cocina con la niña en sus brazos y el rostro preocupado.

–La niñera acaba de llamar para decir que su madre ha sufrido un cólico nefrítico. Está en el hospital e igual tienen que operarla.

Ashley se llevó la mano a la boca.

–¡Qué horror! ¿Se pondrá bien?

–Eso creen. Lo malo es que no tengo con quien dejar a Lila hoy. Joanna y yo tenemos la agenda llena.

–Yo estaré en casa todo el día. He quedado con el contratista y con el equipo de limpieza. Pero estoy acostumbrada a hacer muchas cosas a la vez. Me puedo quedar con ella –se ofreció Ashley y, cuando le tendió los brazos, la niña se fue con ella encantada.

–¿Estás segura? Es una gran responsabilidad y tú vas a tener mucho que hacer hoy.

–La llevaré en brazos cuando tenga que estar en mi casa y el resto del tiempo estaremos aquí –señaló ella, sin poderse creer su propia seguridad y decisión–. Encontraré la forma de hacerlo bien. Además, ¿no decías que querías que Lila y yo pasáramos tiempo juntas? Nos lo pasaremos genial. Vete a trabajar.

–De acuerdo. Entonces, has quedado con el nuevo contratista. Eso es un gran paso.

Ashley miró el reloj. Eran casi las ocho y media. Marcus tenía que irse a toda prisa. ¿Por qué sacaba el tema en ese momento, cuando podía haberlo hablado con tiempo el día anterior?

–Es un gran paso. ¿Quieres darme tu opinión?

Él la observó un momento con intensidad, pensativo.

–No quiero inducirte a nada. Ese fue mi mayor error en el pasado y no voy a repetirlo.

–¿Y si yo te doy permiso para que lo hagas? Me gustaría saber lo que piensas. Por favor –rogó ella.

–No quiero que te pongas nerviosa, ni presionarte. Toma la decisión que sea mejor para ti y yo la aceptaré. Solo quiero que recuerdes una cosa.

–¿Qué?

–Te quiero –dijo él, tomándola de la mano.

Ashley se preguntó si esas palabras podían interpretarse como una señal para que despidiera al contratista.

–Yo también te quiero. Pero me gustaría que me dijeras qué quieres que haga. ¿Quieres que paralice las obras?

–Lo digo en serio. Puede ser difícil para mí, pero necesito que tomes la decisión tú sola –respondió él, y le dio un beso en la mejilla–. Tengo que irme o llegaré tarde.

–De acuerdo, te llamaré luego.

Cuarenta minutos después, llegaron dos hombres de la brigada de incendios para hacer el parte. Inmediatamente después, el equipo de limpieza aireó la zona y se puso manos a la obra. Mientras tanto, Ashley no podía evitar sentir que estaba haciendo algo mal.

Después de darle a Lila un yogur con galletas, se sentó con ella a jugar con la cesta de juguetes durante casi una hora. Al parecer, la niña estaba a gusto con ella. Todo apuntaba a que las dos podían convivir felizmente juntas. Lo único que ella debía hacer era asumir la responsabilidad.

A las dos, había quedado con el contratista. Un poco antes, dejó a Lila en su cuna, lista para la siesta. Encendió el monitor y se llevó uno de los intercomunicadores a su casa.

Phil Koch estaba esperándola en el pasillo.

–Señorita George, me alegro de conocerla. Por qué no empezamos dando una vuelta por el piso y me cuenta qué ha planeado.

Ashley entró con él y le hizo una visita por la casa, mientras el equipo de limpieza hacía su trabajo. La cocina estaba destrozada. En el resto del piso, el suelo podía salvarse, pero haría falta tratar las paredes antes de pintar, para quitar el persistente olor a quemado.

Cuando llegaron al dormitorio de Ashley, se oyó a Lila por el comunicador. Su llanto parecía urgente.

–Phil, tengo que ir a por la niña –dijo ella.

El hombre se encogió de hombros.

–No deberías hacer mucho caso a un bebé que lloriquea. Normalmente, se cansan de llorar y vuelven a dormirse solos.

Eso soñaba fatal, pensó Ashley.

–Sí, bueno, pero yo soy muy blanda. Ahora vuelvo.

Corrió a casa de Marcus y, de camino al dormitorio de Lila, agarró al señor conejito. Al llegar a la cuna, tomó a la niña en brazos.

–¿Estás bien?

Lila se acurrucó en su cuello, mientras Ashley le acariciaba la espalda. ¿Cómo no iba a querer a ese pequeño ser tan tierno y adorable? Además, sentir que el afecto era mutuo era una experiencia maravillosa.

Entonces, Ashley notó algo mojado en el brazo.

–Oh, no. Olvidé cambiarte el pañal antes de la siesta –dijo ella. Buscó unos pantalones limpios y la sudadera más bonita que encontró–. Tengo que llevarte de compras. Tu padre no sabe mucho de moda infantil.

Mientras la niña se entretenía con el peluche, le cambió de pañal y de ropa. No era muy rápida, pero aprendería a serlo.

Poco después, con Lila a horcajadas sobre la cadera, volvió con Phil. En cuanto entró en su dormitorio, que tenía la pared adyacente con el cuarto de Marcus, supo lo que quería hacer. No necesitaba perder el depósito ni despedir al contratista. Lo que realmente necesitaba era que Phil tirara una pared.

El teléfono de Marcus sonó. Era Ashley.

–¿Todo bien?

–Todo va genial. Acabo de estar con el contratista y quería pedirte si puedes venir a casa pronto para ver una cosa en mi piso.

¿En su piso? ¿Había decidido seguir adelante con al reforma?, se dijo él, decepcionado.

–¿Es importante?

–Sí. Creo que te gustará. Ven a casa. Quiero decir, ven a mi parte de la casa.

A Marcus le dolía la cabeza cuando iba de camino a casa. ¿Había dejado que falsas esperanzas lo cegaran?

Cuando llamó a la puerta, Ashley abrió con Lila en brazos. Solo con echarla un vistazo comprendió que había nacido para ser mamá. Besó a las dos personas que más quería en el mundo y respiró hondo, recordándose que no debía apresurar las cosas. Si ella iba a seguir adelante con la reforma de su casa, siempre podía venderla luego, cuando le pidiera que se casara con él. Si ella aceptaba, claro.

–Vamos. Lo que quiero enseñarte está en el dormitorio.

–Creí que tu dormitorio estaba acabado –repuso él con reticencia, y se detuvo en seco–. ¿Quieres ponerme delante de las narices el futuro que estás planeando solo para ti? ¿Quieres que Lila y yo seamos parte de tu vida solo en la periferia? Eso no es justo para ninguno de los tres, porque estamos hechos para estar juntos. Nunca he estado tan seguro de nada en mi vida.

Ashley se quedó un momento en silencio, mirándolo. Lila seguía en sus brazos, jugando con su pelo.

–¿Así que, por fin, me dices tu opinión?

–Sí. Intenté guardarme lo que pensaba para no influir en tu decisión, pero no puedo. Podría darte cinco mil razones para que dejes de hablarme de la reforma de tu casa.

–Deja que te dé una para que me escuches –replicó ella, y se volvió hacia Lila–. ¿No crees que papá debería dejar de ser tan cascarrabias y entrar con nosotras en el dormitorio?

–Papá –dijo la niña.

–De acuerdo. Bien –aceptó él. Intentaría relajarse y disfrutar del momento, como Ashley le había aconsejado tantas veces.

–Esto es lo que he decidido con el contratista –dijo ella, cuando hubieron entrado en el cuarto. Dio una palmada a la pared adyacente a la casa de él–. Vamos a empezar tirando este tabique.

–Ashley. Mi habitación está al otro lado. ¿Dónde quieres que duerma durante las obras? ¿Y por qué ibas a querer tirar el tabique?

–Conectaría las dos casas. Podemos hacer un dormitorio principal mucho más grande y agrandar el cuarto de Lila. Va a necesitar más espacio con el tiempo.

Marcus se sentía otra vez atrapado por un tornado.

–¿Sabes lo que estás diciendo?

–Sí. Estaba hablando con el contratista sobre la cosa que, hasta hace poco, había sido más importante para mí. Entonces, Lila se despertó, la oí llorar por el intercomunicador y todo lo demás quedó atrás en la lista de prioridades. Salí corriendo a buscarla. Nada me importaba más que su bienestar.

–Es una sensación familiar para mí. Es sobrecogedora y maravillosa al mismo tiempo –comentó él.

–Se me había olvidado cambiarle el pañal, por eso se despertó. Cometí un error, pero creo que lo solucioné a tiempo y Lila está contenta.

–Te aseguro que lo está –confirmó él, admirando la cara de su pequeña. Las dos mujeres parecían estar hechas la una para la otra. Y Ashley no había intentado zafarse de la situación. Ni había buscado excusas. Solo había ideado un plan que era perfecto para su futuro juntos.

Tres semanas después, la pared que separaba sus dormitorios había desaparecido. Ashley no podía creer que Marcus hubiera aceptado hacer algo tan drástico, sobre todo, cuando incluía convivir con una obra. Él le había respondido que lo hacía todo por amor.

Ese día, era sábado por la mañana y tenían todo el fin de semana para estar juntos los tres.

–Vamos a tener una habitación enorme –comentó él con una sonrisa.

–Una parte servirá para ampliar el cuarto de Lila. Y habrá sitio de sobra para invitados. Quiero que mis padres vengan a verme cuando terminen las obras.

–Si tu padre no se encuentra bien para venir, iremos nosotros a Carolina del Sur. Nos sentará bien salir de la ciudad, y Lila y yo todavía no conocemos el resto de Estados Unidos.

Eso era mucho mejor que sorprender a sus padres con algo tan material como una casa. Podía demostrarles que le había ido bien en la vida si les presentaba al hombre generoso, dulce e imponente del que se había enamorado y a la niña más bonita del mundo.

–Aire fresco. Sémola con gambas.

–¿Y tarta de coco?

–Siempre.

–Perfecto –dijo él, la rodeó con el brazo y la besó en la frente–. Después de eso, quiero que vengas a Inglaterra y conozcas a mis padres. Podemos quedarnos unos días en la casa de campo. Se puede ir a pie a la aldea y está todo verde y precioso. Te encantará.

–Seguro que sí.

Ashley no podía imaginar nada mejor que la gran aventura que tenían por delante. Y Marcus parecía realmente emocionado ante su futuro. Había curado sus heridas del pasado. Ya no era tan cascarrabias, aunque seguía resistiéndose a compartir el mando a distancia, sobre todo, cuando era la hora de *Tu media naranja.* Insistía en verlo todas las semanas.

–Quizá, para entonces, estaremos prometidos –dijo él, arqueando una ceja.

Ashley apretó los labios. Las cosas estaban pasando muy rápido. Y ella siempre le decía que sí a todo.

En lo profesional, también les iba bien. Ginebras Chambers había firmado contratos de suministro con varias cadenas hoteleras de lujo y tenía planeado abrir nuevas destilerías por todo Estados Unidos.

–¡Todavía no te he contado que los productores me han dado libertad para *Primera cita en el aire*!

–Tu público te adora. Tus jefes, también. Aunque es una idea un poco absurda. No puedo imaginarme nada peor que una primera cita en un avión.

En el pasado, su comentario habría desencadenado una disputa, pero Ashley no tenía ganas de discutir. Además, incluso a ella la idea del programa le parecía un poco alocada. Por suerte, en la cadena de televisión estaban emocionados y seguros de que iba a triunfar.

–Créeme. Lo sé.

–Deberías llevar a Joanna al programa –sugirió él con una pícara sonrisa.

–Estoy de acuerdo –repuso ella, dándole vueltas a la propuesta. Quizá, también podía llevar a Grace, que había sido nombrada la nueva jefa de publicidad y no tenía tiempo para encontrar pareja–. Lo que quiero decir es que nuestras vidas ya son una locura. ¿De verdad quieres añadir más estrés con una boda? Me agobio solo de pensarlo.

Marcus la abrazó con ternura.

–No quiero que te estreses. Pero tampoco quiero esperar para construir nuestra vida juntos.

–¡Pero si ya estamos en eso! –exclamó ella, señalando al lugar donde antes había una pared que separaba sus dormitorios.

–Me gustaría tenerlo todo bien atado –insistió él–. Lila debe de estar a punto de despertarse. Podemos ir a dar un paseo y seguir hablándolo.

–O podemos dar un paseo y divertirnos sin más –dijo ella, pero él ya había salido del dormitorio.

Después de casi un mes viviendo juntos, habían adquirido ciertas rutinas, como dar paseos familiares. Atravesaban Central Park, bajaban por la Quinta Avenida y volvían de nuevo. A Lila le fascinaban las luces y los sonidos de la ciudad y era un buen momento también para que los dos adultos estuvieran juntos.

Era un día precioso y soleado de mayo. Ashley llevaba una camiseta con vaqueros y Lila, un adorable vestido morado que Ashley le había comprado. Cuando llegaron al punto donde siempre solían darse la vuelta, Marcus giró a la derecha con el carrito y se quedó parado ante un semáforo en rojo.

–¿Adónde vas? –preguntó ella.

–Caminemos un poco más por la Quinta Avenida. Hace un día muy agradable.

Ashley se encogió de hombros y se unió a él. Dos manzanas después, supo exactamente hacia dónde la llevaba.

Marcus se detuvo delante de Tiffany´s.

–Anda. Mira dónde hemos llegado –dijo él, y sacó a la niña del carrito–. ¿Te apetece entrar a ver si encontramos un anillo para Ashley?

–Te crees muy gracioso. Lo tenías todo planeado.

–Escúchame, Ash. Derribemos el último muro que nos separa. Somos una unidad, una familia. Hagámoslo oficial. Es solo un anillo. Creo que nos lo debemos el uno al otro. Deberíamos casarnos.

–Estás hablando de una boda grande y costosa que va a traernos de cabeza.

–Sí. Eso es. Con flores y una banda de música y una tarta y la novia más hermosa del mundo.

Ella miró a Lila, que los observaba a los dos con interés.

–¿Y qué me dices de la preciosa niña encargada de tirar flores?

–Tendremos que sacarle los pétalos de rosa de la boca.

–Podemos darle una cesta de juguetes. No tendrá problemas en vaciarla.

Marcus sonrió.

–Me gusta. Podrás pasar junto al señor conejito y a la rana de peluche mientras caminas hacia el altar.

–¿De verdad quieres ir a comprar un anillo con Lila? Se va a aburrir. Y nosotros estamos en vaqueros.

Él la tomó de la mano.

–Ashley George, los dos sabemos que podemos discutir hasta que sea de noche. Pero eso no va a hacernos felices. Tengo una muy buena razón para entrar aquí ahora mismo.

–Bueno, dime cuál.

–Te quiero, me quieres y estamos hechos el uno para el otro.

Ella se contuvo para no puntualizar que había dado tres razones. La verdad era que ellos eran tres razones: Lila, Marcus y ella. Y nada más importaba.

–Maldición, Marcus, me has hecho llorar –dijo Ashley con lágrimas en los ojos.

–¿Significa eso que sí? ¿Lo has oído, Lila? –dijo él y abrazó a Ashley, con Lila entre ellos. Los tres rieron–. Al fin, he ganado una discusión.

El príncipe debía engendrar un heredero,
aunque no sabía que ya lo había hecho...

ESCÁNDALO REAL

CAT SCHIELD

Christian Alessandro vivía al límite, pero ante la obligación de atender sus deberes monárquicos, debía abandonar su soltería, sentar la cabeza y engendrar al futuro rey de Sherdana. Entonces, un encuentro casual con una de sus conquistas del pasado le reveló un descubrimiento impactante: ya era padre. Si se casaba con Noelle Dubone, su hijo sería legítimo. La exitosa diseñadora de moda se negaba a enamorarse de nuevo de Christian, a pesar de que sus sentimientos por él habían renacido con mayor intensidad. Sin embargo, el príncipe estaba acostumbrado a conseguir todo lo que se proponía.

¡YA EN TU PUNTO DE VENTA!